タクシーガール

タクシーガール　目次

第一章　お台場

リカのタクシーノート：お台場は東京港の埋め立て地だ。港区、江東区、品川区の三つの区から出来ていて、「東京臨海副都心」に属していると、ウィキに書いてあった。江戸末期、外国からの防衛のため幕府は洋式砲台（大砲みたいなやつを撃つ場所？）を作った。そのうちの一つが、ペリー？の江戸からの上陸を阻むことに成功したんだって。江戸の人たちは幕府に感謝し、この砲台を「御台場」と呼んだ。それが「お台場」という呼び名のはじまりになったらしい。いまのお台場からは想像もできない歴史だ。東京ジョイポリス、アクアシティ、パレットタウン。食事やショッピングやゲームなどなど、とにかく、遊ぶところ、というイメージだ。季節ごとにさまざまなイベントが催されているのを、よくテレビで見る。人工の砂浜。浅草へ向かうフェリー。当然、観光客も多い。

また、東京都心部やレインボーブリッジの夜景が美しく見えるスポットでもある。タクシー業務以外で行ったことは一度もないんだけどね。

男が荒い息を吐くのを、バカみたい、と柿谷リカは思った。

どんなに好きだと思った男でも、いざ肌を合わせる段階になり、服を脱ぎ、ベッドに身体を横たえると、妙に冷静になるのだった。閉じた瞳を、どうしても開いてしまうのがいけないのかもしれない。胸に唇をつけ、飴玉か何かのように舐ったりしている表情は、滑稽とまで思ってしまう。

くだらないんだよ。男に組み敷かれる自分に対しての負け惜しみのように、少しだけ、口角を上げてみる。男はいかにして欲望を満たそうかと、それだけに夢中なのだろう、どんなに嘲笑しても気づくことはない。だから、くだらない。快楽なんてほんのひと時のことなのに。

だがやがて、体の向きを変えたり、腰を上げたりして、男の舌や指や肉体の一部に身を任せているうちに、男と共に溶けていくような気持ちになるのを、リカは感じるのだった。首に手を回して声を上げる。冷えた心に反して、身体は毛穴という毛穴から、行き場のない熱を放出する。沸騰する重力に飲み込まれながら、炎に焼かれる自分を感じる。高々と燃え上がる炎は、リカの過去を焼き尽くす。快楽の波が来るたびに、自らの皮膚から、炎が現れては消え、現れては消えていくのをリカは感じていた。

今度の男は、今までの中では長く続いたほうだった。服を着ながら、まだ寝息を立てている大きな肉体に視線を投げる。横向きになった肩が小さく上下しているのを、見るのが好きだった。柔らかな枕に半分隠れた頬のふくらみが愛しいとふと思ったが、蒲団の下の男の左手には金色の指輪が光っていることを知っているので、黙ってホテルを出る。

スマートに別れたかったのに、泥沼はわざわざ男がつくった。

「手キレ金？」

冷ややかな女の目線が、リカを見下ろしている。駅近くのファミレスだった。妻の隣では、男がうなだれていた。男が家で何らかのボロを出したのだろう、関係は妻の知るところとなった。それはまあいい。呆れるのは、男は妻に、リカに付きまとわれて断れなかった、自分も困っている、などと説明したということだ。

「ええ。本来ならこっちが慰謝料請求するくらいですけど、まあ、夫も優柔不断なところがあったんで」

目の前に置かれた封筒を、リカは無造作に押し返した。驚いたように、妻は目を大きくする。男のほうに視線をずらすと、まだ下を向いたままだった。ふっと、リカは笑みを漏らした。

「何がおかしいんですかっ」

苛立った声を、妻は出す。別れを切り出したのは、リカの方だった。対して、男は、考え直してくれ、などと、リカの足に取りすがらんばかりだった。妻に知られたのはその矢先だった。

「首に縄でもつけとけば」

小さく呟くと、妻の顔が真っ赤になるのがわかった。封筒をバッグにしまい、伝票を掴んで立ち上がり、いきり立ったようにレジのほうへ向かっていった。

「ごめんね」

消え入りそうな声は、抱き合うたび焼け付きそうなほどの熱い何かをリカの中心に燃え上がらせた男のものとは思えない。リカは頭を横に振り、苦笑する。会計をしている妻の元にさも悲しそうな顔をしながらも当たり前のように歩いて行く男を、一瞬でも愛しいと思った自分が馬鹿馬鹿しい、もう色恋沙汰はこりごりだ、と思いながら。

客が増えてきて、退店を促す目的か、店員がコーヒーのお代わりを注ぎにやってきた。その匂いを嗅ぎ、気分が悪くなり、トイレに駆け込んだのだった。

新しい命のことは、男には言わなかった。

「轢《ひ》き殺すぞ、コノヤロウ」

府中駅のロータリーで、唐澤拓郎はサラリーマン客が下りた途端ドアをバンと音をさせて思いっきり閉め、口汚くののしり言葉を吐いた。

「あ、悪い悪い」

我に返ったように先輩ドライバーはこちらを向き、助手席で驚いて目を見張っているリカのためにくしゃりとした笑顔を作った。

「いえ……大丈夫です。それより、私、タクシーがほんとは自動ドアじゃないってこと、今日初めて知ったんです。びっくりしました」

くしゃりとした顔のまま、唐澤はハハハと笑う。三十代半ばだろうか。色白で、頬には艶があった。そして、真顔の時は目尻の皺は見えない。

「俺もこの仕事を始めるまでは、知らなかったんですよ。実は手動ドアだったなんて」

横柄な客に対する先ほどの剣幕を取り繕うように、左手を開閉レバーにすっと添える。レバーを引くとドアが開き、倒すと閉じる。強く倒せば、ドアは勢いよく閉まる。唐澤の白く指の長い手に、リカははじめて教えられた。タクシーも、優し気なバリトンも、何もかも、一年間子育てと仕事に明け暮れていたリカにとっては新しかった。

「降りた途端、レバー思いっきり倒して、バンと閉めてやるんだ。せめてもの抵抗ってやつ。ムカつく客に対しての」

「そういうお客、よくいるんですか？」

「毎日何十人と乗せる中で、一人、二人は必ずいる。態度が理由なく偉そうなオッサンとか、遠回りしたとか言いがかりつけてくるケチなオバハンとか」

事務の仕事を解雇された。業績悪化を理由にしていたが、本当の所どうなのかわからない。ママ友の紗栄《さえ》に誘われ、保育園から自転車でさほど遠くないところにあるスリー・バード観光交通多摩営業所が開催する「女性タクドラ一日体験会」なるものに応募した。午前中いっぱい使って説明と社内見学が行われ、午後は実際に営業している車を利用しての体験乗車だった。昼休憩に入る前、それぞれの担当ドライバーを紹介された。

「リカの担当の人、イケメンだね。あたしなんか、おじさんだよぉ」

参加者全員に支給された五穀米弁当を食べようとしているリカに、紗栄がさっと近づき、耳打ちしたことを、思い出す。その時は、疲労と空腹、そして緊張から何とも思わなかったが、今になってじわじわと、「イケメン」と言われた唐澤に対してのくすぐったいような気持ちが全身を満たしていく。

次の客を多摩センターで降ろし、その次の客は行き先が王京線の永山に近い団地だった。

川崎街道まで戻ると、中年カップルが手を上げた。ペルーから来たという。男の方は、完全に東洋系の顔をしていた。だが、二人とも日本語はあまり上手ではなく、唐澤はよく聞き取れないのか何度か聞き返していたので、リカが助け舟を出し、お台場に行きたいらしいですよ、と教えた。オーッオダイバ！　などと言いながら、唐澤は満面の笑みでアクセルを踏む。長距離なので、嬉しいようだ。カップルも言葉が通じて安堵した様子だった。

「ねえ、もしかして、英語とか、できちゃうの？」

「いいえ。ていうか、ペルーはスペイン語です……」

「へーっ。スペイン語、へーっ」

客の邪魔にならないように声の大きさに気遣いつつも、唐澤がリカに対して感心するそぶりを見せるので、どうにもこそばゆい。英語も、もちろんスペイン語も、出来るわけではない。だが、こういう出来事はいままでにもあった。言葉ではなく、想像力だと、リカは思う。もっとも、米軍基地を抱く町で生まれた過去もある。この日本にいるのは日本人ばかりではないという意識が、いやおうなしに身体に刷り込まれているのだ。

それから目的地に着くまで、客たちは身体を密着させ、二人の世界に入っていた。仲良さそうに何やら囁き合っていたかと思えば、時々キスの音を立てる。舌を絡ませるような水気を含んだ音がいやらしく耳に響き、思わず身を固くする。唐澤は、この音を聴いているのだろうか？

「柿谷さんは、どうしてタクシー体験してみようと思ったんですか？」

お台場でようやっとペルー人を降ろし、芝浦方面に抜けようとしながら、唐澤がいきなりリカのことに話題を振ってきた。

「ええ、まあいろいろ。それより、レインボーブリッジ、また通りますかね。三多摩に住んでると中々お目にかかれなくて」

うまくはぐらかしつつ、窓の外に視線を投げる。

「いや今から通るのは一般道。お客乗せてない時は、高速代がかかるレインボーブリッジじゃなくて、このビンボーブリッジを通る」

「ビンボーブリッジ？」

リカは笑った。そのあとは、しばしの間沈黙が続いた。居心地の悪さに、ようやく先ほどの話題に戻る気になった。

「特に理由はないんですけど、友達に誘われたんです」

理不尽な形で職を失ったこと、育てなければいけない子供がいること、すぐに仕事に就かなければ保育料も払えないこと。そういったことを言うべきなのかもしれないが、こんな男に何がわかる、との気持ちがそこに覆いかぶさっていた。

「友達って、昼の時に一緒にいた、あの茶髪の？」

「そうです」

「二人は同い年くらい？　なんて、女性に年を聞くなんて、失礼か」

唐澤の口調に何となく漂い始めた軽薄さに気づいたリカは冷ややかに答えた。

「年齢、資料に書いてますよね？」

「ああ、うん、そうだよね。いや、参ったなア」

ビンボーブリッジを渡っている間、先ほどよりももっと居心地の悪い、ばつの悪さを含んだ沈黙が漂った。

「少し、休憩入れようか」

それを破るきっかけを作ったのは、唐澤のほうだった。

車を止めたのは、橋を渡り終え、路地を幾つか曲がったところにある空き地だった。

ちょっと待ってて、と言って男は車を降り、自販機で缶コーヒーを二本買って戻り、ほい、と言いながら一本こちらに投げる。

「ここ、よく休憩で使うスポット。長時間停めてても切符食らわない、タクシー御用達の場所ってやつ。他の会社のやつらもたまに椅子倒して寝てるよ」

再びシートに腰を沈めながらそう言うのをプルタブに手をかけながら聞いていた。

「今日は、俺たちだけみたいだけど」

コーヒーの冷たい苦みが通り過ぎた後、男の顔がゆっくりと近づいてくるのを、目の端でリカは感じた。

「化粧、してないんだね」

男の息が、微かに首筋にかかる。どこか予期していたその展開に屈したくないと思い、目を出来る限り大きく見開き、身体を固くする。その瞬間、タクシーが一台、砂利を踏む音を鳴らしながら空き地に入ってきた。

だからか、男の唇がわずかに触れたのはリカの頬、いや、頬にかかった髪だった。男は無言だった。再び車外に出て、煙草を吸いはじめた。

「なんだよ」

リカは独り言ちる。安堵感より、がっかりした気持ちのほうが大きいのがおかしかった。この男とどうこうなりたいわけではない。なのに、久しぶりの、焦れたような酸っぱい思いに戸惑っている自分がいる。

「どうだった？　イケメンは？」

体験会を終え、駐輪場のところで待っていた紗栄に合流すると、開口一番そう訊いてきた。

「あのねえ。こっちは真面目に職探ししてるんだから」

じろりと睨んでやると、冗談だってば、と泣き顔を作る。

「あたしは体験、楽しかったな。おじさんだったけどね。なんかタクシー、面白い気がする。あっちこっち、自分の好きな所を走れるし」

どうやら紗栄は充実した時間を過ごしたらしい。唐澤が言っていたことを、思い出した。

――少々の規制はあるけど、基本的には、どこを走ってもいいんだ。休憩も、好きな時に取れる。上司や同僚の顔色をうかがったり、人に媚びたりする必要もない。すべて自分次第、自分がすべてなんだよ、この仕事は。

たしかにそうだ、とリカは頷く。自由になりたかった。自分を縛る、何もかもから自由に。

「あたしも同じこと思った」

用事があると言って駅の方へ向かう紗栄に手を振り、子供を乗せる椅子の着いた自転車にリカはまたがった。自転車で二十分の距離に、保育園はあった。いつもの迎えの時間には、一時間ほど早かった。

「まま、きた」

この四月で二歳になる娘は、この頃、「ごはん、たべる」「ぽんぽん、いたい」などの二語文を話し始めた。

「ただいま、麗奈」

保育士から娘を受け取り、ギュッと抱きしめる。保育園に預けているうちに、いつのまにかおむつも取れていた。どんなに残業で遅くなっても泣きもせず、大人しくオモチャで遊んで待っている、手のかからない子だった。柔らかな肌に、リカは顔を埋めた。ミルクの匂いがしなくなったのはいつからだろう、と思いながら。


「それで、連絡はしてるの?」

煙草を灰皿でもみ消し、また次の煙草に火を点けながら、母は探るように言った。

「だから言ったでしょ。父親はいないの。いないものと思って暮らしてるんだから」

煙と一緒にため息を、母は吐いた。

「そんなこと言ったって、貰うもん貰わなきゃ、しょうがないじゃないか。きれいごとじゃないんだよ。人間一人、育てるっていうのは」

自転車ではなく、タクシーで子供を保育園に送迎するようになったのは、二月後のことだった。

「はーい、じゃ、ママ、いってらっしゃーいって」

「まま、いったったい!」

今朝、若い保育士に抱っこされながら娘は手を振った。朝からすこぶる機嫌が良く、ほっとする。小さなお雛様が、保育園のエントランスに飾られていた。ここ一、二週間、娘はお雛様を見るのを楽しみにしているようだった。

「れなの」

内裏雛を指し、娘はいいつのる。

「そうだねえ、みんなのお雛様、かわいいね」

すると娘は首を横に振る。

「ひなたま、れなの」

首も座らない頃から一日中預けられている娘にとって、保育園は家の続きのようなものなのか。リカは子供の頃、保育園ではなくて幼稚園に通っていたが、あまり覚えていない。ただ、ひな人形の記憶はある。母方の親戚に、ひな人形の職人がおり、今年は内裏様、次の年は三人官女と、頼んで作ってもらったのだと、よく母が言っていた。記憶の中のひな人形は、八段飾りの立派なものだった。人形一体一体の顔もさることながら、纏っている着物も最高級品の絹を使っていた。少なくとも妹が生まれるまでは、正真正銘のリカだけのものだった人形たちは、美しかった。あるいは、それは、そうだった、と母に何度も言われてきた記憶の「記憶」なのか。いずれにしても、人形たちはもうどこにも存在しない。人形たちを包んだのは、雛壇のような炎の赤だった。

「タクシーの仕事が融通利いてよかったよ。送迎までやらされちゃ、たまらんからね」

ずけずけとものを言うのは、母のもともとの性格だったが、年を取ったせいか刺々しさに磨きがかかった気がする。母から言い出して同居をするようになったのは、麗奈を身ごもったことに気づいてしばらくしてからだったが、すぐに失敗だったと後悔した。もともと家事が苦手な母は、埃で人は死なないというのが口癖で、掃除というものをしなかった。だから実家というキイワードで思い出すのは、モノやゴミが散らかっていたり、シンクに小バエが飛んでいたり、コップの牛乳がヨーグルトのように固まり臭いにおいを放っている光景だった。リカの豪華なひな人形も、そんな居間に飾られていた。だがいま母が弟と住んでいる一軒家は、ひな人形どころか、何かを跨がずに歩くことさえ困難だった。モノは家の外にまであふれていた。当然のように、近所の人は良い顔をせず、いつの頃からかゴミ屋敷と陰口を叩かれるようになった。

同居を始めた日、リカは大きな腹を抱えて掃除や片付け、ごみ捨てに精を出し、居間の隣の六畳の和室に、半径一メートルほど、辛うじて蒲団を敷いて寝られるだけの空間を確保した。毎日少しずつその空間を広げていった。ゴミなど、当時のリカにとって問題ではなかった。とりあえず、自分と生まれてくる子が安全に暮らせればそれで良かった。

「コブ付きで世話してやろうってのに、何だその態度はっ」

出産で一週間留守にした後、新生児の麗奈を連れ帰ってきた時、その大事な自分のテリトリーにゴミの袋が無造作に置かれ、あまつさえゴキブリが這っていた。思わずはあっとついたため息を聞かれ、母の怒りの導線に火を点けた。

「一人で産んだんだから、他にどうしろっていうのよ」

「誰が頼んだ？　ええっ？　お前が勝手に転がり落ちた道だろうっ」

甘かった、と思った。一歳から入れようと思っていた保育園の入園を前倒しし、生後二ヵ月から預かってもらった。すなわち昼間赤ん坊は家にいないから母に迷惑をかけることもない。幸い夜は一度寝たらぐっすりで夜泣きもしない子だった。朝家を出る前だけは多少バタバタとするが、それぐらいならまだ母も目を細めて娘の相手をしてくれる範疇だった。

もっとも、産休明けの給料から、二人分の家賃、生活費の名目でかなりの額を家に入れるようになったのも、大きかったはずだ。

「これ、安かったんだよ。ほら、かわいいの。半額だよ、半額」

最近、母が仕事をしている姿を見ていない。年齢が年齢だから、あまり根を詰めたりも出来ないのだろうが、そもそも仕事自体、ほとんど来なくなっているのかもしれない。数年前に独身で他界した母方の伯父、つまり母の兄から引き継いだわずかな遺産があるが、弟が鬱病で入退院を繰り返しており、お金がかかる。それでも、貰いっぱなしでは悪いと思うのだろう、給料日の翌日、母は近所にあるベビー用品の安売りチェーン店で娘の服を買ってくるのが常だった。

「そういえば、あそこの店でね、このところよく見かける男の人がいるんだよ。若い……と言っても三十代なんだろうけど、女の子用の服を選んでてさ。いや、奥さんと一緒じゃないね。いっつも一人だから、シングルファザーだったりして。でね、今日その人に、服のサイズやなんかのこと、アドバイスしてあげたんだよ。月齢がうちと同じだっていうからね。孫の名前聞かれたから、麗奈だって教えたら、その人の子供もおんなじ名前だって。まあ、漢字は違うのかもしれないけど」

ふと嫌な予感がした。

「どんな……男の人なの？」

「どんなったって、普通の人さ。特徴って言っても特にねえ」

「体型とか、身長は？　麗奈に似てる？」

矢継ぎ早に聞いた。

「おまえまさか、その人が、麗奈の父親だって言いたいのかい？」

間違いない、と、確信めいた思いがリカの中で芽生えていた。男は、昼間から買い物に出ても誰も文句を言う者のいない自営業だった。そう、たしかに母の言うように、あまり特徴のない風貌をしていた。

男はなぜ、ベビー用品店に現れて、母に近づいたのだろうか。ぞっとした。あの話し合いを最後に、男の連絡先を消去し、鍵も取り替えた。懲りずに連絡を寄越してもすべて無視し、一切の接触を断った。だが、男はリカのアパートにやってきてドアを何度もノックしたし、建物の影に隠れて部屋を見張ったり、外出時にあとをつけたりしてくるようになった。警察に言ったが、実害が出ていないので動いてもらえなかった。二度と戻るまいと思っていた実家にもう一度住むことにしたのは、ひとえに、しつこい男から自分と腹の子を守るためだ。

同居を始めると、ストーカー行為はぴたりと無くなった。実家暮らしだから他の男に取られる心配はないとでも思ったか、あるいは他の家族を警戒したのか。それでも、会社がらみで知り合った男とは共通の知人も多く、子供のことが耳に入るのは時間の問題だった。産み月を逆算すれば、男の子供であることは明確である。何かしてきたらどうしようと、密かに思い悩んでいた。

そうこうするうちに、出産の日が来た。産休が明けると、やはり会社で噂になっていた。人々は面白おかしく噂を広げ、あまつさえ鬼の首でもとったかのようにゴミ屋敷のことまで持ち出して、リカをせせら笑った。一年近く我慢したが、結局解雇となった。業績悪化のための人員削減が理由とされていたが、本当の理由は誰の眼にも明らかだった。

会社を辞めると気分はすっきりしたが、すぐに経済的に切迫した。ある日家に帰ると、ポストに入っていた、と、手紙を渡された。嫌な予感は当たった。好きだ、愛している、逢いたい、抱きたい。鳥肌が立つ思いがした。妻とは別れた、結婚しよう、とも書いてあった。手紙は何度も届いた。逢いたい。お前が欲しい。やがて、ポストにではなく、ゴミがあふれているため閉まらなくなったリヴィングのサッシから直接投げ込まれるようになった。お前には俺しかいない。お前は、俺の子を産んだんだ。抱かれたいって言えよ。俺なしではいられないんだ。そうだろう？

家賃を少し待ってほしいと頼むと母は機嫌が悪くなった。兵糧攻めだ、と思った。

紗栄に教えられ、近くのスリー・バード観光交通が新たに女性ドライバーを募集していることを知った。たとえ、平均月収五十万だの、月収八十万可能だのと謳っているのが嘘で、実際の稼ぎはその半分に満たなかったとしたって、今の状況よりは救われると思った。

「向こうさんはもう離婚したらしいじゃないか。結婚すりゃあ問題解決だろう」

「もう好きじゃないから」

「だったら認知だけでも」

「そんなことしたって、何の意味もないの、一番知ってるのはママでしょうに」

「何イッ。もう一度言ってみなッ」

何がそんなに、腹立たしいのだろう。キイッと荒げた声に、耳を塞ぎたくなる。そんな時母は、いつも顔を真っ赤にしている。大きく見開かれた瞳の奥には、顔よりもさらに赤い炎が燃えている。その炎が揺らめき始めると、聞こえてくる声がある。

――リカちゃん、可愛いよ。素敵だよ。

甘ったるい声。優しく耳に響く声。だが、なぜか、恐ろしい。あれは誰だったのだろう。母の目の炎に焼かれながら、リカはぼんやりと考える。思い出せない。一切何も、思い出せない。ただ、自由になりたいと思った。

スリー・バード観光交通には、給与保障期間というシステムがあった。二種免許を取りようやく出動できても、すぐにはなかなか営業を取れない初心者ドライバーへの配慮で、規定通りに出勤すれば三ヵ月間は月二十五万の保証がつくというものだった。この間に、どこか、住むところを探そう。

「てめえのケツもてめえで拭けないくせに、もう一度言ってみなって、言ってるんだよ！」

母が怒鳴り散らす声を聞きながら、リカは決心した。

「旦那と別れるんだ、あたし」

十回ほどコールした後、紗枝はやっと電話に出た。開口一番、そんなことを言う。

「そうなの？　大変な時に電話しちゃって、ごめんね」

「いいの、いいの」

明け番ではないはずだったが、声がかすれている。風邪か、あるいはリカ同様、慣れないタクシー勤務で疲れが出ているのか。電話を切る時、小さな機械の向こうから、せき込むように話す男の声が聞こえた。夫だろうかと思ったが、何だか感じが違う。保育園のお迎えの際に時々立ち話をする紗栄の夫は、二人が電話しているとよく「お疲れ様っす〜」などと後ろでおどけた声を出してきた。揉めている最中だからさすがにそれはないにしても、府に落ちないような感じがいつまでもリカを包んだ。


「轢き殺すぞ、このクソ野郎」

レバーを思いっきり倒し、バンッとドアを閉めてから、リカは吐き捨てるように呟いた。タクシーを始めて三ヵ月、そろそろ保証期間も切れる今、ようやっと、どんな客がいい客で、どんな客が嫌な客か、見極められるようになってきた。一番嫌なのは、女だと思って舐めてかかってくる客だった。そういう輩は、乗ってきたときから漂わしている雰囲気で、わかる。乗車中は明るく話しかけてき、会話も弾むが、降りる間際になって決まって、端数をまけろとか、セコイことを言ってくる。断ると、今度はナンパに転じる。

「じゃあさ、チップ上乗せするからさ、ＬＩＮＥ教えてよ」

「いえ、それはちょっと」

「チッ。ブスのくせに」

だが、今日のリカの腹立ちは、客ではなく、別のところに在った。二週間前から一緒に住み始めた紗栄の離婚の原因が、なんと、唐澤だったのである。

「……先輩？」

営業中だったが、今日中に麗奈の保育園に提出しなければならない書類を忘れて取りに帰ったのだった。Ｔシャツと下履きの姿で振り向いた唐澤は、ばつが悪そうに笑った。紗栄はエプロン姿で焼きそばを作っていた。エプロンの下はキャミソールとパンティだけである。

「ちょうどよかった。リカも食べてよ。作りすぎちゃって」

一緒に住むようになってから、出番、明け番、公休の日をずらして入れ、互いに子供達の送迎や育児をやりくりしていた。今日はリカが出番で紗栄は明け番だった。つい三時間前、麗奈と、紗栄の娘の佑美《ひろみ》とをタクシーで保育園に送ったのである。その時紗栄はぐうぐういびきをかいて寝ていたはずだったが、いつの間にか男を引き入れている。しかも、あの唐澤を。昼を食べながら二人はいちゃつき、そして言うのだった。実は最初の体験の日に連絡先を交換し、間もなく付き合い始めたのだと。

「轢き殺すぞコラ!!」

叫び出したい気持ちでリカはビンボーブリッジに入ると、東京都心に向かってアクセルを踏み込んだ。

第二章　赤坂

リカのタクシーノート：赤坂は昔、茜《あかね》が群生している村で、「茜坂」と呼ばれていたのが名前の由来と聞いた。江戸時代は武家屋敷が建っていたとか。その頃から徐々に市街地化しはじめて、明治以降は、高台は高級官吏やブルジョワたちの邸宅、そのほかは庶民の住宅、商店、旅館などが密集していたんだって。昭和三十年代にはすでにキャバレーや料亭、高級クラブなどがひしめく、いわゆる歓楽街になっていたとか。いまもずっと栄えていて、有名なテレビ局の本社もここにある。赤坂見附の駅の周辺には、いくつもの高級ホテルが建っている。八十年代のバブル期は、クリスマス・イブを恋人と「赤プリ」で過ごすことが「トレンディ」だったと聞いた。……よくわからないけど、アッシーくん？とか、ミツグなんちゃらとか、そういうのが流行っていた時代だったって、原田さんが言ってた（笑）。それにしても、このホテルの旧館、外から見てもとても雰囲気があって個人的に好きだったんだけど、実は、東京都指定有形文化財だったと判ってびっくり。そして、かつては李王家の所有だったという深い歴史も持っている。二〇一六年、赤坂プリンスが取り壊され、新たに紀尾井町ガーデンテラスへと変貌したけど、その時この旧館も移築された。いまは赤坂プリンスクラシックハウスと呼ばれるレストランになっていて、結婚式などで利用されているんだって。


ぼんやりと、思い出すことがある。だだっ広くて、古い家に、幼いリカは住んでいた。ある時、見知らぬ男の人が家にやってきた。

「ママァ。このおじさん、だあれ」

母の後ろに隠れながら、リカは問うた。

「ばかっ。こないだ言っただろ。お前のパパだよ」

「パパ？」

「そうだよ、パパだよ。さあさあ、子供は寝る時間だ。もう部屋に行きな。ほら、早く」

母は面倒くさそうに、手で追い払うようなしぐさをした。リカは、まだおむつをしている妹が寝かされている子供部屋に引きこもった。その男が、帰るまでずっと。

ディテールは覚えていないが、何度も、何度も、そのシーンのことを思い出し、頭の中で会話を繰り返した。だから、もしかしたら会話の内容も、母の表情も態度も、後から自分が勝手に作り上げたものなのかもしれない。

その安井という女は、最初からあまり良い客ではないと、わかっていた。乗ってきた瞬間から、醸し出す雰囲気で、なんとなく、勘のようなものが働いたのである。

「あなた、はじめての人ね」

深夜二時。会社のある聖蹟桜ヶ丘の駅前で待機していたのだった。終電帰りの近距離客を乗せて何度か駅を往復すると、周辺はすっかり静かになった。特急停車駅ではあるが三多摩の田舎であるこのあたりの駅前は、金曜の夜とは言え、この時間になるともう静かなものである。居酒屋かカラオケ帰りの酔った学生たちもいるにはいるが、まばらだった。しかも、リカの前には、他社の車が五台すでに並んでいた。王京線沿線の最大手である、親指と人差し指で丸を作った形がトレードマークの、オーケイタクシーと、リカの属するスリー・バード観光交通と同規模の多摩交通。それから、個人タクシー。いつになったら、自分の番が回ってくるのか。考えるだけで頭が痛いが、まだ帰庫する時間ではない。しかも今日はいつにも増して営業成果の芳しくない日だった。たとえ自分の順番が来たところで、またしてもワンメーターのゴミ客だったらガッカリである。このまま順番を待つか、別の場所に流しに行くか、リカは思案していた。

そんな時だった。配車センターからの配車連絡が、乗務員用のスマートフォンアプリに届いたことを知らせる音が鳴った。画面を見ると、配車アプリのアイコンに1という新規の配車を知らせるマークが出ている。しばらく見つめていたが、他の車は忙しいのか、マークはついたままだった。このまま駅前でうだうだしていても仕方がない、と思い、アイコンをタップした。

十分程度走ったところにある閑静な住宅街まで、迎車の依頼だった。赤坂にあるテレビ局のBTS本社までだという。久しぶりの長距離ということもあり、心が躍った。三多摩からなら万をゆうに超える。さらに、多摩で降車する帰りの客を拾うことが出来れば、収入は倍だ。早朝からずっと勤務しているので疲労は限界に来ていたが、この一走りで、これまでの営業不調を取り戻せる。遠くまで走るかいがあるというものだった。帰庫したらさっさと帰り、明け番は一日ゆっくり寝よう、翌日の公休には、麗奈を多摩動物園に連れて行く約束をしているのだから、頑張ろう。そう思い、ことさら丁寧に応対したつもりだった。

四十代ぐらいの女だった。パンツルックでさっそうと乗り込んできた。化粧気はない。

子育ても一段落し、住宅ローン返済のためにバリバリと働いている。そんなイメージだった。

はじめての人ね、との女の問いに、

「はい、安井様。わたくし、柿谷と申します。こちらこそ、本日はよろしくお願いします」

と張り切って答えた。それだけではなく、まず、乗り込んだとたん、お寒くないですか、と空調に気を使った。少し走ると、女が眠そうに目をしょぼしょぼさせているのに気づいたので、お休みになられますか、よろしければブランケットをお使いください、と、後部座席に常備してあるハーフサイズの毛布を勧めた。女が眠るそぶりを見せないので、下手に眠ってはこのあとの仕事に差しさわりがあるのだろうと推測し、うるさがられない程度に世間話もしてみせた。マスコミの方は朝早くから大変ですねえ。失礼ですが共働きなんですか？　羨ましいですねえ。収入が二つあるって。私、こう見えてもシングルマザーなんです。二歳の娘の。安井様は、お子様何人いらっしゃるんですか？　子育てって奥が深いですよね。女の応答が相槌程度なので、余計な会話を好まない客なのだろうと察してからは、ひたすら黙った。夜中なので、首都高の渋滞もなく、三十分ほどで下の道に降りることが出来たが、気を抜かなかった。BTS社ははじめて行く場所だから道を間違えないように、何度もナビを確認した。

なのに、何がいけなかったのだろう。

「安全運転って言ってもね、限度があるの。こっちは急いでるんだから。だいたい何なのよ。朝からペラペラペラペラ、うるさいのよ。あんたもプロなら知ってるでしょ。状況考えてくれないと」

清算の時、急に一方的にこうまくしたてられた。突然のことに焦りながら釣銭を精算機から出てきたレシートと一緒に出すと、女は苛立った声で怒鳴った。

「手書きの領収書ッ」

女が早足でBTS社の建物の中に消えていった後、疲れがどっとリカを襲った。かと言ってそこに車を停めて休むわけにもいかず、よろよろと車を出し、走り出した。しばらくのち、ようやっと停車可能な場所を探し、息をつく。ハンドルに突っ伏し、しばらくぼんやりしていたが、ふと、顔を上げた。

「あれ、ここ……」

ぼんやりとライトアップされた、趣のある洋館が建っていた。これは赤坂プリンスクラシックハウスと呼ばれている一九三〇年に建てられた建物で、現在はレストランになっているが東京都の有形文化財に指定されているのだと、知っている知識を総動員する。

「昔ここに、朝鮮の王が住んでた。知らないよね」

「はあ」

「その人、十歳ぐらいで日本に連れて来られて、日本の皇族と結婚してね」

「そうなんですねー」

体験乗車の時の唐澤との会話まで、なぜか思い出した。関心がなかったというより、あまりにも無知だったため、間抜けな受け答えしかできなかった。その後、二種免許を取るのに合わせ、東京の気になる有名どころを自分で調べ、ノートに書きだすことを始めた。勉強はずっと続けていて、小さなノートは、制服の胸ポケットにいつも入れてある。必要な時にページをめくるのだが、そこに在ると思うだけで、なぜか安心する。

ブラウスの上からノートをそっと押さえ、呼吸を整えた。背筋を、しゃきっと伸ばす。様々な歴史をくぐり抜けてきた建物が、こちらを見ている。ハンドルを握る。へこたれるのは、いつでもできる。そう思う。

それにしても、唐澤の東京に関する知識は膨大だ。あらためて、リカは考える。彼が語ったあの洋館の背景は、営業用の情報という枠を超え、歴史に翻弄された一人の男の物語として、生々しくすら響いた。ある日の紗栄との会話が脳裏に蘇る。

「拓郎はね、もうタクシー業界に骨をうずめる覚悟なんだって。これまでいろんな仕事をしてきたけど、タクシーほど自分らしく居られる仕事はない、タクシーだけが、自分を受け入れてくれる場所なんだって言ってる」

寝物語にでも聞いたらしい話を、紗栄はうっとりと語った。あの男、私にキスしようとしたよ、と、喉のところまで出そうになったが堪え、問うた。

「紗栄はなんて答えたの？」

「あたしは、好きとか嫌いとかの問題じゃなくて、生活のためだって言った」

リカも紗栄と同じ意見である。自分の居場所だの何だのと考えるより先に、金を稼ぎたい。まずは子と自分の腹を満たし、屋根のある安全な寝床を確保し、その上でやっとスタートラインに立つのが、シングルマザーなのだ。

「柿谷ちゃん、行ってくれたんだって？　ＢＴＳ。ご苦労さん」

帰庫すると、いつか紗栄に「おじさん」と呼ばれた原田剛に声を掛けられた。

「ええ、何か変なお客さんでしたよ。おかげで帰りの客も探さないで、とっとと帰ってきました。間違って高速乗っちゃいましたけど」

「いやあ、誰でも調子狂うって。あのお狐様を乗っけたらね」

「狐？」

聞き返したが、原田はくわばらくわばら、と言いながら向こうに行ってしまった。

アパートに帰ってシャワーを浴び、蒲団に潜り込む前に、何となく思いついてボリュームを落としたテレビをつけた。テーマソングと共に「おはよ♡ＢＴＳサタデー」というタイトル文字が表示される。時間は、五時に切り替わったところだった。清楚な白のスーツを纏った若い女性アナウンサーがにこやかにあいさつした。

「おはガールの安井さおりです。爽やかな朝ですが、気温はこのあとぐんぐん上がります。熱中症にはくれぐれも注意してくださいね。水分補給と、日焼け対策をお忘れなく。私も、今朝はしっかり日焼け止め塗ってきました。さて、本日の一つ目のニュースは……」

特に気になるニュースも無さそうであったので、テレビを消し、目を閉じた。八時半に紗栄がタクシーで麗奈と佑美を土曜日保育に送るために連れに来るが、その音で目覚めることはおそらくないだろう。タクシーの業務は、それほどに疲れる。故に一度眠ると、ちょっとやそっとの音では、起きないのだ。それでも、リカが次に目覚めたのは、昼前だった。普段なら午後遅くまで寝るが、最低限度身体が欲していた睡眠を摂取するや否や、精神が、目覚めることを選んだのである。誰もいない部屋で、むくりとリカは起き上がった。そして、呟いた。

「狐ってもしかして……」

もう一度テレビをつけると、「おはサタ」はとっくに終わっていた。だが、一週間を総括するワイドショー「昼どきほっとウィークエンド」にも、安井さおりは出ていた。早朝の時とは違って、肩の大きく空いたブラウスを着て、ポニーテールを揺らしていた。そして、先ほどの落ち着いた話し方とは打って変わって、豪快にラーメンの食レポをこなしていた。

「ん～。おいひい。ズズッ」

朝のニュースのはきはきとしたイメージとの違いに驚き、しばらく見つめていると、なぜかだんだん空腹になってきた。どうやら、彼女がラーメンをすすっている様子がツボに入ってしまったようだ。リカは思わず台所に行き、買い置きしていた気に入りのカップラーメンに湯を注いだ。三分間待つのももどかしく、蓋を開ける。安井さおりが麺を食べきり、残った汁を飲み干そうとしている場面に、辛うじて間に合ったと思った。安井と同じタイミングで食べると、ラーメンのうま味が増す気がする。インターネットで検索すると、同じことを思っている視聴者は、全国に数多いるようだった。どうやら彼女は、食レポの女王として、人気を博しているらしい。いや、驚いたのはそんなことではなく、朝、局に送ったいやな感じの、しかもどう見ても四十過ぎにしか見えない疲れた顔をした女と、早朝の若々しく清楚なイメージの女子アナと、目の前の元気いっぱいのタレントアナとが、同一人物ということである。顔も体型も同じだが、雰囲気がまるっきり違うのだ。インターネットに綴られた彼女のニックネームは、原田の言葉のまま、「お狐様」だった。

公休日の朝が来た。リカは鏡を見つめていた。皺ひとつない肌が、日の光に映し出されている。きめ細かな頬にうっすらと赤みが差しているのは若さからで、本当は心身ともども疲れ切っていることを、リカは知っていた。それでも、引き出しから色付きリップを取り出した。好みのコーラルピンクで、気分を上げるためだ。

麗奈が生まれてからは子育てと仕事で、自分の身だしなみなど構う暇もなかったが、タクシー運転手をするようになってから、見た目には気を遣うようにしているリカだった。日に焼けるのでUVの入ったファウンデーションは欠かさないし、リップは必ず引く。少し化粧をしたほうが清潔感のある印象になることは、営業をしていて自然に学んだ。また、この仕事は深夜の勤務があるが、明け番に睡眠をたくさん取っているおかげで肌が荒れないのも良かった。残業続きの事務仕事の傍ら、不倫相手との秘め事の時間を懸命にやりくりしていた過去を、リカは思い返す。あの時よりも、いまはよほど美容と健康に良い生活を送っている。それでも疲労が溜まるが、笑顔を絶やすことはできない。なぜなら……。

「まま、はぁく」

娘の声に、リカはハッと我に返る。一番愛しい存在が、柔らかな身体をリカの首に絡みつけてくる。

「はいはい、ちょっと待ってね」

背中にかかってくる娘の体重に幸せを感じながら、リップを引いた。コーラルピンクに一気に顔が華やぐのを満足に思い、笑みを作る。

「まま、かぁいいね」

最上の誉め言葉だ。

「ひろタンもれなタンも、お仕度できたかな？　じゃあ、そろそろ出発しよっかー」

紗栄が声をかける。アパートのドアを閉めて歩き出した時、コンタクトを入れてくるのを忘れた、と気づいたが、運転するわけでもないし、と思い直す。

聖蹟桜ヶ丘から各駅停車に乗り、高幡不動駅で多摩動物公園行きに乗り換える。休日の外出とは言え、所詮子どもの世話の延長なので、リカのいでたちは、動きやすいように、襟の開いたカットソーにジーンズ、スニーカーである。スカートなど、ここ数年履いていないし、履きたいとも思わない。いつもファッションに敏感な紗栄にはまた、別の考えがあるようだが、今日はやはりスカートではなく、明るい色のポロシャツにサブリナパンツ、スポーツブランドのシューズと、軽やかな格好だった。

動物園のゲートをくぐるなり、幼子二人は走り出した。リカと紗栄はへとへとになりながら追いかけ、ようやく二人を捕まえて、アフリカ園への坂のほうに促す。坂を上りきった時だった。

「あっ」

どこかで見たことのある女性が、男と一緒に歩いている。女が髪をかきあげた瞬間、リカはその輪郭を眼に焼き付けざるを得なかった。

「安井さおり……」

リカはひとりごちる。

「れなね、きいんしゃん、みゆー」

「ひろ、しましま、みゆの」

「はいはい、キリンとシマウマね。すぐそこだからね」

幼子たちと紗栄の会話が、どこか遠い。気づくと、女を追いかけて、歩き出していた。

「リカ？　そっちは反対方向だよ」

紗栄に声をかけられ、はっと振り向く。

「ごめん、テキトーにいろいろ見てて。用事終わったら電話するから」

そう言いながら後ずさりし、そして口をあんぐり開けている紗栄と子供たちを残し、女を見失うまいと、走り出した。

フラミンゴの檻の前に女は居た。男の腕に腕を絡ませて、キャハハという笑い声をあげている。あの、と声をかける。

「え？」

安井さおりは振り向いた。ラーメンを食べていた時の笑顔だった。だが、リカは次の言葉が出てこなかった。そもそも安井は知り合いでも何でもないのだ。ただ、リカが気にしていただけに過ぎなかった。そうだ、と思い付きを言った。

「サイン……ください」

「は？」

女は怪訝な顔をした。いたたまれなくなって、リカはバッグから出した手帖を引っ込め、くるりと踵を返して立ち去った。

足早にしばらく歩くと、だんだん腹が立ってきた。まったく、サービス精神のない女だ。デート中だからって、サインぐらい応じてくれても良いではないか。あの場を取り繕うために別に欲しくもないサインをくれと言っただけなのに、何だかとんでもなく傷つけられた気がする。

娘たちのもとへ戻ろうと、ライオンたちがいるエリアの上にかかった大きな橋を渡りながらふと振り返ると、少し後ろに安井さおりが男と談笑しながら歩いてきていた。どうやら、同じ方向に来ようとしているらしい。さすがにばつが悪く、思わず顔を逸らしたが、ふと、彼女が先ほどとは別の服装をしていることに気づいた。先ほどはスカートだったが、今度はチノパンにシャツという格好だ。男も、さっき一緒だった人とは別人のようである。

ふたりとも、リカには気づいていないようだった。無視を決め込み、リカはまた歩き続けた。橋を渡り終る手前だった。手すりの間から橋の下のライオン園を覗きこんでいた家族連れの中の、赤ん坊を抱っこした中年の女が振り返った。

「嘘でしょ」

その顔は、安井さおりそっくりだった。いや、そっくりというか、彼女そのものだった。まわりを見渡した。安井さおりがいた。ここにも。あそこにも。すれ違う女という女が、安井さおりの顔をしている。もっとも、コンタクトをしていないから、人の顔が判別しにくいのは仕方がない。だが、みんなが安井さおりに見えるなんてことが、あるのだろうか？

何かがおかしい。いや、おかしいことなど何もない。みんな、安井さおりなのだ。それが、当たり前だ。そう思おうとして、はっとした。私は何を考えているのだろう。そんなわけがないではないか。そうだ、私は疲れているのだ。長時間勤務で疲れているのに、一日しかない貴重な公休を使って動物園なんかに来たのがいけなかったのだ。そういうことは、もっと仕事に慣れている運転手のすることで、タクシー歴半年のぺーぺーにとっての公休は、ただひたすら身体を休めることのみに使われるべきだった。

リカは頭を振った。それから、顔を洗うためにトイレに駆け込んだ。鏡の中には、水滴のついた安井さおりが泣きそうな顔を作っていた。

「ねーねー、らいよん、どこぉ？」

「らいよん、らいよん」

聞き覚えのある幼子たちの声が、個室の方から聞こえてきて、はっとした。

「オッケー、じゃあ、次はライオンね。それにしても、ママおそいねえ」

紗栄の声だった。と、次の瞬間、ポケットのスマートフォンが振動した。

「ああ、あたしもいまトイレに……」

個室の方から、スマホを耳に当てた女が、二人の幼女らと共にこちらに近づいてくる。

「あ、ままだ。ままー」

幼女の一人が、声を上げた。

だが、リカはその場に立ち尽くしていた。

「何よ、驚いた顔して」

安井さおりが、我が子の手を引き、にこやかに笑っていた。


「おはよう、柿谷ちゃん。動物園、行ったんだって？　紗栄姫から聞いたよ」

出勤すると、原田が話しかけてきた。

「おはようございます……っていうか何で、原田さんって、私のことは柿谷ちゃんなのに、紗栄だけ下の名前でしかも姫を付けて呼ぶんですか」

「何だか朝から機嫌悪いねえ。生理かい？」

「あーそれそれ。そういうの、セクハラって言うんですよっ」

「おーこわ。くわばらくわばら」

くわばらくわばら。たしかあの日も、原田はそう言った。ちょっと待って、とリカは引き留めた。

「原田さん、安井さおりがお狐様だって、前言ってましたよね」

「ヤスイ？　誰だっけ」

「やっぱりいいです……」

スマホを取り出し、安井さおりという名前に再び検索を掛けた。フリーアナウンサーとしてBTSと契約、朝と昼の情報番組にキャスターやレポーターとして出ていると書いてあるのはいい。番組によって話し方や雰囲気、風貌まで劇的に変わると言う部分も、先日読んだ。だが、びっくりしたのは、先日いい加減に飛ばし読みしていた彼女のプライベートな部分の記載を、じっくり読みこんだ時だった。結婚と離婚を、三年ずっぐらいの周期で、彼女は繰り返していた。当然のように、結婚していない時期には多くの恋愛もしていた。別のサイトには、彼女に関わった男たちはなぜか仕事で大きなミスをしたり、何らかの問題を起こして、社会から消えていくと書いてあった。もちろん、真実は定かではない。

だが、さらに衝撃的なことが書かれているサイトがあった。彼女には高校生を筆頭に五人の子供が居る。そして、現在は独身だ。あの日迎えに行った住宅街の家で、母子六人で暮らしているということなのだろう。

化粧気のない不機嫌な四十女と、爽やかな〝おは♡ガール〟と、豪快な食レポアナの顔が、リカの頭の中をぐるぐる回る。どれも彼女であり、どれも彼女ではない。いや、みんな彼女なのだ。安井さおりなのだ。リカに、仕事中の顔と、そうでない時の顔があるように。母親の顔と、そうでない顔があるように。そこまで考えて、リカはスマートフォンの画面から顔を上げた。

あの時、いろんな女性が安井さおりに見えた。自分自身の顔も彼女に見えた。たぶん、疲れからだと思っていた。実際、疲労が溜まっていた。だが、いま思うのは、自分の「そうでない顔」のことだった。仕事が好きだった。タクシーが好きだった。愛しい娘のために、昼夜ハンドルを握り、縦横無尽に街を走り回る。私はシングルマザーのタクシーガール。それが自分であり、それでいいと思っていた。だが、仕事中の顔でも、母親の顔でもない「顔」も、自分にはあるはずだった。それは、女としての顔に他ならない。男を愛し、男に愛される、女の顔。たくさんの「顔」を持つ安井さおりが、リカが忘れていた、いや、忘れようとしていた「顔」を、思い出させてくれたのかもしれない。

途方にくれたような気持ちでリカはハンドルを握る。ただ、もう一度、安井さおりに会いたかった。私もまだ「女」でいていいんですか？　そう訊きたかった。あの住宅街から、ＢＴＳへの迎車がないものか、信号待ちのたび、休憩のたびに、タブレット端末を穴が開くほど見つめた。

第三章　多摩動物公園から南青山

リカのタクシーノート：昭和三十三年、多摩丘陵を利用して上野公園の約四倍の広さに作られたのが多摩動物公園だ。広大な敷地は動物の生息エリアごとに分けられ、自然に近い形で飼育された動物たちを見ることが出来、日本で初めてのサファリ形式のライオンバスや、コアラ館などが有名だ。と言っても、子供時代は、多摩動物園に限らず、どの動物園にも連れて行ってもらったことがなかった。成長し、デートではじめて訪れた。特に動物好きではないが、結構楽しいところだと思った。中でも、蝶やバッタ、ナナフシなどが生育されている昆虫生態園が好きだ。昆虫ユートピアと呼ばれる大温室の中は南国のような気温と湿気が保たれていて、一歩中に入ると、そこだけ異国にいるような不思議な空気に包まれる。そして、色鮮やかな花から花へと飛び回る、無数の蝶たちと言ったら！　美しい翅をひらひらと動かし、宙を舞ったり、止まって蜜を吸ったりしている光景を目にすると、まるで夢を見ているような錯覚に陥ってしまう。

炎が迫ってくる。やがて炎はリカの足元に届き、這い上がってくる。リカは悲鳴を上げる。だが、熱くはない。ただ、恐怖だけが、リカを包む。そんな夢を、リカは時々見る。火事は、リカが高校生の時に起った。なぜ自分がその場に、火事の現場にいなかったのかは、あまり覚えていない。ただ、そこではない「どこか」から、母の携帯に電話をしたことだけ、脳裏に微かに残っている。

記憶の海に意識を飛ばす。脳裏に立ち上がってくるイメージが、少しずつ形になっていく。

「みんな、燃えちゃったよ」

「みんな？」

「そう、みぃんな」

放心したように、母は言う。

「信じられない。何で火事になんか」

責めるように、リカは叫ぶ。

「ひどいもんだったよ。だけど命があっただけでも儲けものって、思わないとね」

土曜日の朝、火の手があがったのだと、母は言った。母も、二つ下の妹も眠っていて、気づくのが遅れた。身一つで逃げだすしかなかった。

「ふん、それよりお前、どこにいるのさ。携帯も繋がらないし。火事のことで学校に連絡したんだよ。そしたら、ここのところ来ていないって言うじゃないか。ほんっと、恥ずかしいったら」

金曜の夜から、家に帰っていなかった。学校はもっと何日も前から、行っていない。女友達と示し合わせてサボタージュし、番号非通知で声色を変えて病欠の電話をし、駅で服を着がえて渋谷に出かけた。金曜の夜に行ったのはうるさい音楽が流れ、華やかな格好をした男女が淫靡に身体を動かしている場所だった。何とはなしに楽しく、女友達の家に泊まりながら翌日もクラブに出かけたが、連続の朝帰りで女友達の親にあからさまに嫌な顔をされたこともあり、日曜の夕方にその家を出た。

男とはクラブではなく、道を歩いていたら、出会った。センター街近くで目が合った十分後、路地の一角で派手なネオンを煌々と煌めかせている建物の前に二人は居た。部屋の一つ一つに名前がついていた。男に促され、「トロピカル」という部屋をリカは選んだ。

「どこにいるの」

母が繰り返す。ここはどこでもない場所だ、と、思った。携帯電話を耳に当てながら周りを見渡すと、きらきらと太陽が反射する海が見えた。その絵の下に、「沖縄」と書かれた小さなプレートが貼ってあった。スコールのような水の音が、バスルームから聞こえてきている。リカは応えた。

「沖縄」

そこから先の会話も、ディテールはともかく、だいたいこんな感じだったと想像がつく。

「こんな時にふざけるんじゃないよっ」

「ふざけてないよ」

「何だってェ？　じゃ、金はどうしたんだい、金は。ええっ？　男かい？　男に、はした金でも貰ったのかい」

「違う」

「いますぐ家に帰って来いっ」

「だから、火事で燃えたんじゃ……」

母の叫び声が、いっそう狂ったように大きくなる。わんわんと耳の中でこだましているようだった。いつのまにか、中学生の妹に電話の相手が変わっていた。

「ママ、駿に、今日いっぱいオモチャ買った。可哀そうだからって」

「何で？」

「駿がライターで遊んじゃったの、ママがちゃんと面倒見ていなかったせいだもん」

「パパは」

「連絡つかない」

遅かれ早かれ、こうなる運命だったと、思った。

父親と呼ぶべき人は、仕事で外国に行っていると訊かされながら、育ってきた。本当かどうかは怪しいものだと、早くから思っていた。何しろ一緒に暮らしたことがない。会うのは年に数回だった。小金を持っているらしく、食事は高級なレストランだったし、滅多にねだらなかったが、必要だと言えば値の張るものであってもすぐに買い与えられた。何をして稼いでいたのか正直よくわからない。というより、リカも弟妹も、父と母そしておそらく第三者の誰かとの間に複雑に絡み合う何かに、うすうす気づいていた。あえて何も追求しないことは暗黙の了解だった。父が来ると、ただでさえ家の中に緊張感が漂った。険悪な方向に空気が流れるのを避けるため、大人しく振舞う術をリカも弟妹も幼いころから学んだ。

母は米軍横田基地の飛行機を数えながら育った女だった。フリーで英語の翻訳をしており、かつてベストセラー小説を手掛けたこともあると言えば聞こえはいいが、リカの目から見ればただのアル中だった。

それでも、リカたちきょうだいが子供の頃は、今ほどは酒を飲まなかった。ただ、仕事が忙しく、時間に追われ、三度の飯時以外は子供たちとろくに会話もせず、仕事部屋にこもりきりだった。ほったらかされている間にリカは夜遊びを覚え、妹は不登校になった。

それはリカが中学二年の時、突然起こった。風呂に入る前、脱衣室の鍵をかけようとしたら、母に力づくでドアをこじ開けられ、口汚く罵られた。

「こそこそしやがって。脱げ！　堂々と、脱げって言ってんだよ！」

泣きそうになりながら、リカは服を脱いだ。

「隠すな！」

ぴんと張りのある乳房や、柔らかなアンダーヘアに包まれた局部。それらは、まだ母親にも誰にも、見られたことのないものだった。

覆っていた手を外すと、母はふん、と鼻を鳴らし、言った。

「いやらしい」

母の意図はわからない。ろくに面倒を見ない間に娘の身体が大人に成長したので戸惑ったのだとしても、あの言動は、身勝手な怒りやストレスをぶつけるために、娘をはけ口にしたとしか言いようがない。殴られたわけでも、酷い目に遭わされたわけでもないが、その視線と言葉は、リカの心身を皮膚の下までざっくりと抉るように痛めつけた。以来、リカは母とは心の距離を置くようになった。はっきりと何なのかはわからないが、とにかく、ずけずけと内部に入り込んですべてを支配しようとする母親に、絶対に見せたくないものがあるのだった。

「トロピカル」でのあの電話の後、自分は、どうしたんだっけ？

リカは考えた。家族はどうしたんだっけ。あまり思い出せない。いまは、時々電話やチャットのアプリでやりとりする妹からの情報が頼りだった。それによると、火事の時まだ幼かった弟は、成長と共に自分を責めるようになった。やがてうつ病で日常生活もままならなくなり、入退院を繰り返している。そして、母が酒浸りになっていったのは、弟のことを嘆いているからだと、妹は言う。

それならば、父はどうしたのだろう。時々考える。かつて「パパ」と呼んでいたその男と、火事の後、会ったことがあったんだっけ、と。考えすぎて頭を抱え込むこともある。火事の前のことも、後のことも、ぼんやりと、それも断片的にしか思いだすことが出来ない。写真を見たり、家族の誰かに聞いたりし、頭の中でつなぎ合わせていく。それでやっと、ああ、そういえばそういうこともあった、そういえばそうだったかもしれない、と、自分を納得させてきた。

最近、付き合った男の一人に、解離性健忘かもしれないと言われた。専門医の受診を勧められたが、多くを思い出せないとは言え三十一年生きてきた中のほんの一部、合計してもたかだか数年程度のことであるし、さして困りはしないからと、聞き流した。記憶があろうとなかろうと、さしたる違いはない。後ろなど振り返ってもしょうがない。ただ、目の前のやるべきことを淡々とこなしながら、未来の方を向いて歩く。なぜなら、リカは知るのが怖かった。男たちとサヨナラするように、記憶とも別れられればいい。そう思っていたのだ。

その店は、普通の飲み屋ではなかった。というのも、日付が変わる頃開店し、正午前に閉店した。スリー・バード観光交通多摩営業所のすぐ近くに、店はあった。長年この町に住んでいるが、ひっそりと営業しているため、気づかなかった。

タクシーの運転手をやりはじめてから、リカは月に二、三度ほど、明け方の五時頃、一杯飲むだけのわずかな時間であったが、この店に顔を出すようになった。会社の社員のほとんどが、毎日ではないにしろ、ここに通っていると言っていいだろう。もっとも店の客はタクシー運転手ばかりではなく、夜間の道路工事に従事した後の作業員や、警備員、夜勤明けの警官、看護師などがいた。勤務が二十時間にも及ぶタクシー運転手は、一回の出番で二日分働くのと同じである。帰庫し、清算、洗車を終えたら、肉体はどっぷりと疲労困憊しており、さっさと家に帰って休みたいのはやまやまではあるが、時にふっと、家と仕事の間の異空間にわずかでも身を置きたくなるのだった。

あまりきれいではない小さな店なので女性の客は少ないし、取り仕切っているのはやたら不愛想な初老の夫婦だったが、それがかえって心地よかった。やがてリカは営業所でシャワーを浴び、新しく出来た女性専用休憩室できちんと化粧をしてから、店に向かうようになった。口紅は、営業時よりも、一段濃い色を使った。そのせいか、男客たちのリカを見る目が、この頃違ってきたのを感じていた。それがまたリカの女としての承認欲求を満足させる。何度も通いたい気にもなる。

それに、最近リカは地理試験の勉強を始めていた。地理試験は、東京二十三区と武蔵野市、三鷹市で営業をするためには絶対に必要な資格である。多摩だけでは営業に限界があることを、タクシー運転手になって嫌と言うほど思い知らされてきた。この試験に合格すれば、スリー・バード観光交通の世田谷営業所に配属してもらえる。通勤に少し時間がかかるが、同じ王京線、乗ってしまえば一緒だ。それよりなにより、実入りである。いまの多摩営業所で働いているのとでは雲泥の差であった。ただ、地理試験の勉強は簡単ではなかった。道路の名前、地名、有名な建造物、公園の名前など、様々な問題が出題される。九割以上正解しないと、合格はもらえない。そのため、勉強にかなりの時間が取られた。必然的にストレスもたまる。そんな時、気分転換に、飲みに行く。一杯飲んで、気分良く家に帰り、たっぷり睡眠を取って、もう一度次の日から頑張るのである。

いや、実はリカが飲みに出かけたい理由はもう一つあった。たまたま鉢合わせした原田に紹介された、駅ビルの駐車場で警備員をしている岡という男がいた。原田の深い知り合いと言うわけではなく、やはりこの店で出会ったらしい。年齢は原田と同い年だというから、二回りは上か。以来、何度か顔を合わせ、その都度乾杯し、ひと時世間話を交わした。それだけの、平穏な間柄だったが、楽しかった。だから、店で岡に会うのを、何となく期待しながら通っていたのは否定できない。

だが、「平穏な間柄」は、ある時崩れた。思うように営収が取れず、くさくさしていた日だった。何もかも、うまくいかなかった。何の気なしに実家に電話したら、母親に怒鳴られた。アルコールが原因の、いつものヒステリーとは言え、ここぞとばかりにリカが傷つくようなことをずけずけと言われて、落ち込んでいた。麗奈の保育園でもすっきりしない出来事があった。タクシーで送迎をするリカを、他の保護者たちは奇異な目で見ている。それはいい。自分だけではなく、紗栄も同じように、タクシー送迎なのだから。だが、紗栄は離婚してシングルマザーになった身だった。むしろ皆の同情を引いている。リカの場合は最初から未婚の母であることが、どうやら要らぬ憶測を生んでいるようだった。保護者達は、前夜見たドラマの「不倫」の話でさえ、リカの前では過剰な気遣いをする。悪気がないのはわかるが、神経が磨り減る思いがする。

とにかく、仕事も、生活も、一切思い通りにならない日だったのである。そんな時、一人で来ていた岡に出くわした。

下手な駆け引きなど、必要はなかった。ただ、強い酒を頼んだ。男の吐息が耳元で何かを囁いていると気づいた時には、したたかに酔っていた。上背のある岡が身体を包み込むように肩に手をまわしたが、リカは抵抗しなかった。誰かに甘えたかった。それから数時間、男は何も聞かず、リカの傍にいた。肌と肌を合わせたのは自然のことだったのか。あるいは無意識に自分からそう仕組んだのか。

何度目かにそういうことがあった時、男は、自分のことを話し始めた。妻に先立たれたこと。二年前だったこと。今は大学生の娘が時々下宿先から戻ってくるのを楽しみにするだけの、生活なのだということ。

「うだつの上がらない男だと、思うだろ」

男は苦笑した。

「別に」

うだつが上がろうが下がろうが、関係ない、とリカは思った。男のもつ背景がどのようなものでも、受け入れられる。なぜなら、リカは、興味がなかったのだった。男の纏っている一切のものに。ただ、寄り添える裸の胸が欲しかったのだ。

男に抱かれながら、リカは思う。自分は、ただ安心したいのだと。自分を認めてくれる誰かに、傍にいてもらいたいのだと。その〝誰か〟が岡でないことは、わかっていた。彼と居ることは、心地よかった。だが、肌を重ねるたび、どうしようもない罪悪の念にも、捕らわれる。

「可愛いよ。素敵だよ」

高みに上りつめる最後の瞬間、男の吐息と共に漏れる言葉に、苦しいような思いがする。なぜなら、その言葉を、どこかで聞いたことがあったからだ。あれは、誰だったのだろう……。

男が結婚を匂わせるようになったのは、わりとすぐだった。正直気持ちが動いたが、麗奈と男との三人の生活が、想像出来ない。それに男には家を出ているとはいえ、たまに帰ってくる娘がいる。リカが麗奈を大切なように、男も娘が何にも置いて大切なはずだった。麗奈のことを思った。岡と関係を持ってから、麗奈と二人で過ごす時間をあまり持てていなかった。麗奈をきちんと育てることが、自分の目標ではなかったのか？　そのためにすべきことが、見えなくなってはいまいか？　言うまでもないが、地理試験の勉強には一切手を付けていないのだった。これで、良いわけがなかった。

いろいろ考えているうちに、男とのつきあい自体が面倒になった。結局、新しい家庭を持つことも、一人で生きていきながら、時々逢瀬を楽しむのも、自分の柄ではないのだった。

「私が、私でなくなる気がするんだ」

そう言ったら、男はあっさりと引いてくれた。優しい男だった。心からすまないと思った。だが、後ろ髪は引かれない。ただ、優しいだけの男に満足出来ない自分自身を、まざまざと見せつけられただけだった。

都内までの客はありがたい。数日に一度あるかないかだが、営収が全然異なってくる。幸運を呼ぶ客、と、リカは彼等を呼んでいる。幸運を呼ぶ客は、何の前触れもなく突然やって来る。

その日、近隣の駅へ向かう客を求めて、数日前に子供を連れて行ったばかりの多摩動物公園に、何の気なしに寄ってみたのだった。たまたま他のタクシーは居なかった。少し待っていると、男女が乗ってきた。三十代後半か四十ぐらいに見える女が行き先を告げる。

「南青山方面。少し急ぎで」

「承知しました」

ぱっと見ただけで、初老の男の方が有名写真家だとわかった。独特な風貌やファッションをしていて、メディアへの露出も多く、その作品はエキセントリックで常に注目を浴びている。およそ誰でも知っている人物であり、写真界のリーダーだ。加えて、先日彼をテレビで見たばかりである。ソウルの街を濃密に撮影取材している様子が映っていた。緊張に、心臓が波打つのをリカは感じた。

「このあたりはいいねえ。山が多くて」

写真家が話しかけてきたので、何か答えなくてはと思い、当たり障りのないことを聞いた。

「今日は何の撮影だったんですか」

「蝶だね、うん。蝶々と女」

「ああ、昆虫館がありますね。あそこ本当にきれいですよね、蝶々の楽園って感じで。えっと、ヌードで？」

エロティックな写真でも有名な大御所は、笑いながら答えた。

「いや、今日はヌードじゃないね。さすがにね、ちっちゃい子たちがびっくりしちゃうでしょ」

「失礼ですが、お連れ様がモデルさん……」

「いいえ、まさかそんな」

女性が恥ずかしそうに手を顔の前でふるのが、ミラーで確認できた。

「何を照れてるの、ねえ」

あっけらかんと、写真家は笑う。

「モデルさんはロケバスで帰ってます。ちなみに、私はただの助手です。先生はこの後インタビューがあるので」

要するに、無駄口を叩いていないで急げ、と言いたいのだろう。アクセルに乗せるつま先に、体重をかける。

「恋は夢、愛は無い、と書いてね、恋夢愛無。恋も愛もモノクローム。モノクロームの、ムさ。蝶々がひらひらっとね。女にとまるんだ。ひと時の夢だよ。わかる？　俺、いいことというねえ」

謎解きのような言葉を、写真家は語る。

「そうですね……」

バックミラー越しに、女性が「黙って運転して」というサインを送ってきたのもあるが、それ以上言葉が続かなかった。車は順調に中央道に入った。写真家は、少しの間、女性と打ち合わせらしい会話をしていたが、気づくと、背もたれにもたれかかり、寝息を立て始めていた。

恋は夢、愛は無し、か。自分のことだ。リカは思った。私は蝶のように、いろいろな所を飛び回りながら、一人の男の唇に舞い降りたのかもしれない。唇が醸し出す甘い蜜に、ひと時夢中になった。そして、また飛び立とうとしているのだ。それでいいんだ。そう思った。

第四章　高幡不動から髙尾

リカのタクシーノート：東京都八王子市に属する髙尾山。三多摩に住んでいると何かと馴染みの深い山だが、都心からも約五十キロと遠くなく、交通の便も良い。また、ケーブルカーやリフトでそこそこの高さまで行ける。なので、お年寄りでも赤ちゃん連れでも登れ、季節ごとの自然を楽しめる山として、休日はかなりにぎわっている。そういえば紗栄は離婚する前、時々家族で登ったと言っていた。もっとも、主な目的は展望レストランでビールを飲むことだったらしいけど。山頂まで登れば、さらに展望は開け、富士山はもとより、相模湾、江の島までも見えるという。百万ドルと言われる夜景や、初日の出を見るための客で、特に大みそかの夜は混雑するので、タクシーは稼ぎ時だ。あと、知らなかったのだが、髙尾山には髙尾山薬王院というお寺がある。古来、髙尾山は修験道の道場で、山伏がいたらしい。だからか、天狗の伝説が伝わっていて、麓の売店では天狗にちなんだ土産物が売られている。

霧の向こうに誰かが居る。あれは自分だ、とリカは思った。白い服を纏っていた。買ってもらったばかりのワンピースだった。声がする。その服を脱ぎなさい、という声が。ほら、いい子にしてたらご褒美もらえるよ。ほら、早く。何を躊躇してるんだい。誰の声だろう。男なのか、女なのかも、わからない。ほら、早く。もっときれいな服だって、いっぱい買えるんだよ。声は言う。いやだ。このワンピースが、気に入ってるのに。ワンピースの下に着させられている、大人の女の人が着るような水着を見せろと、声は言った。スカートをたくしあげて。ファスナーを下ろして。あんなポーズをして。こんなポーズをして。可愛いねえ。素敵だねえ。八歳には見えないよ。とってもセクシーだよ。おじさん、ドキドキしちゃうよ。ちょっと、足上げて。ねえママ、セクシーってなあに？　リカが訊くと、母は怒った声を出した。いいから、ほら、早く。言うこときかないと、クレープ、買ってあげないよ。機械の音が聞こえる。こんなビデオを撮って、何が楽しいんだろう。冬なのに、なぜ水着を着なければならないのだろう。ありがとうございました。男と女の声が同時に言った。女の声は、上機嫌な、母の声だった。ほらっ。好きなの選びな。クレープのチョコソースが甘すぎて吐き気がする。あれは、何の記憶だったのだろう。消えていく断片を、一生懸命掴もうとしても、届かない。

「ああ、女性の運転手さんなんですね。ほっとします」

花束を抱えたその女は、少し酔っていた。

高尾までどのくらい料金がかかるか、と訊いてきた。乗り込んだとたん、花束の百合が、むせるような香りをリカの鼻に届けた。

大体の金額を告げ、詳しい行き先を訊いて車がロータリーを出ると、女は、ふうと息を吐きながら背もたれに身体を沈みこませた。眠りたいのかと思い、FMの音量を少し下げると、少ししてから、ねえ運転手さん、と話しかけてきたのである。

「チョコクリームパンって好きですか？」

唐突だったが、深夜に入り空腹を感じていたリカは、はい好きです、と即答した。タクシー運転手は、乗ってきた客以外とはほとんど業務中に喋らない。その孤独さが逆にリカは好きなのだが、長く運転席に座っていると、妙に口寂しくなるのだ。そんな時、たまたま酔ったお客が飲食物の包みをくれたりすると、とても嬉しい。ほとんどが誰かに貰ったらしい菓子や土産物の類だが、荷物が多い場合など持って帰るのが面倒なのか、それとも持って帰るには家庭の事情その他諸々の支障があるのか、半ば押し付けるように置いていく客がいるのだ。そういった食べ物は有名店の人気菓子だったりすることも多く、さっそく休憩時に味見する。あとは、帰庫した際にその場にいる社員と分けたり、家に持って帰っておやつにする。おかげで舌が肥えた気がするし、嫌いだったチョコレートも、食べられるようになった。

「じゃあ、シアワセノチョコクリームパン、知ってます？」

「いいえ、でも、美味しそうな名前ですね。いかにも、ほっぺが落ちそうなイメージで」

腹の虫が小さくぐうと鳴った。実はつまみ食いはするがそれは別腹とでも言おうか、むしろ昼食や夕食の主食はかなり控えめにしているのである。ダイエットのためではなく、眠くなるのを防ぐ目的だ。

「これ、私が作ったんです」

赤信号待ちになるのを見計らってか、女が袋から何かを取り出し、リカに見せた。

それは、リカが勝手に期待していた、どこかのベーカリーの手作りパンなどではなく、『しあわせのちょこくりいむぱん』というタイトルの、絵本だった。真っ白な表紙の真ん中に、茶色いパンが一つだけ描かれているデザインで、金色の帯がかけられ、「おいしい絵本大賞受賞」という文字が躍っていた。

「お客様、作家さんだったんですね」

リカはあえて感嘆の声を上げる。心の中では、髙尾まで行って、また客を拾って戻ってきたら、自分の取り分はどのくらいになるのか、と計算しながら。

「今日ね、授賞式だったんですよ」

「賞取ったんですか。おめでとうございます」

「ありがとうございます」

そう言って、再び絵本を紙袋に仕舞った女の声色はあまり嬉しそうではなく、ため息さえついている。

「どんなストーリーの絵本なんですか」

国立府中インターから、八王子JCTまでは、通常であれば十分ほどである。圏央道に乗り換えてから髙尾インターまでは五分ほど、さらにそこから女の指定した行き先までは十分くらいか。時間を計算しながら、世間話の流れでリカは訊いた。本当は、チョコクリームパンには興味があっても、絵本には特に興味はないのだが、これも営業である。

「夫がパン屋さんなんです。だから思いついたというか」

そうなんですね、と答えながら、中央道に入る。本線に合流して間もなく、渋滞を示すハザードを前方の車が点滅させた。周りの車に合わせて、減速する。事故渋滞のようで、蝸牛《かたつむり》の歩みのような進み具合である。間もなく、無線の情報が入ってきた。石川パーキングの手前で乗用車三台の玉突き事故。高速乗っちゃってから連絡来ても遅いのに、と小さくため息をつく。

「渋滞みたいですね」

女もあきらめたような声を出し、それから、話し出した。

「もともと、私は日本語学校で事務をしていたんですけど、趣味で絵を描いたり小説を書いたり、言ってみれば気楽な生活と言うか、まあ、一人暮らしで、自由きままにやっていたんです。でも、夫と出会って生活が百八十度変わって」

いつのまにか小雨が降りだしたようだった。フロントガラスについたいくつもの小さな水滴を、ワイパーで払う。その間、女は考え込むように黙っているので、うんうん、と相槌を打ちながら、答えた。

「朝早いですもんねえ、パン屋さんって」

「いいえ、当時は学生でした。私の働いていた学校の」

「あっ、そうなんですね。じゃあ、外国の……」

「ええ、インドネシアの人です」

「なるほど、そういうことだったんですね」

何がそういうことなんだかわからないが、とにかく話の流れを途切れさせたくなく、相槌を打つ。女は、気にせず、話し続けた。それにしても、こんな夜中に渋滞とはついていない。本来ならば、八王子・髙尾間は、ガラガラの道のりだった。赤々としたテールランプの群れを憎々しげに見つめながら、女の話に耳を傾けた。

「あとでわかったんですけれど、私と出会ったときは別居期間中だったんです。前の奥さんとのね。真実を知った時には、もう時すでに遅しで、深い関係になっていた。間もなく妊娠が判明して、今だから言えるんだけれども、あの頃はとにかく早く離婚してもらいたいと、全身全霊で願ってましたね」

吐き出すように、女は語る。どろどろとした話になっていきそうな予感が、首の後ろからひたひたと近づいてくるのがわかる。だが、車は一向に動かない。メーターはどんどん上がって行く。不倫なんて、別に珍しい話じゃないよ。そんな風に言ってやりたくなったが、客の機嫌を損ねないように、渋滞の中、大人しく長話にでも愚痴にでも付き合うのが営業というものだと思いなおし、こう訊いた。

「それで、旦那様、離婚したんですか」

半ば勝ち誇ったように、女は応えた。

「奥さんから離婚してほしいって言ってきた。ぷいっと出てったまま帰ってこない夫なんて、いつまでも待つ馬鹿いないでしょ」

「じゃあ、その女性はお客様の存在、知らないんですか？」

「おそらくね。少なくとも当時は。というか、蓋を開けてみれば、私は喜んでいる場合じゃなかった。お腹はどんどん大きくなるけど、何てったって、夫が無職なんだもの。日本語は、会話はなんとか出来たけど、学校も途中で辞めたから、読み書きがね。その前に、インドネシア人ってだけで、求人に応募しても、電話の時点で門前払いは当たり前の世界なんだから。やっと面接してもらえて採用されても、派遣とかアルバイトでしょ、それですら長続きしない。それで何度も仕事を変えて……」

リカの反応も待たずに、女は、淡々と話し続ける。ちかちかするテールランプ群を睨みつけながら、リカはただ、耳を傾けるしかなかった。


苦労した末、やっと、採用された正社員職があった、と女は言った。それが、パン屋の製造である。

働いてみて、夫自身もびっくりしていた。楽しくて仕方がない。研修初日から、夫は才能を発揮した。製造長に覚えがいいと誉めそやされて、即正規採用となった。お世辞だと思っていたらどうやら本当のことで、仕事は早く完璧、まさに天職だったのである。夫は、気づいたら会社になくてはならない存在になっていた。

給料は安いし覚えることが多くて大変だけれどもパン作りは面白いそうで、充実した顔だった。ただ、長時間労働であった。地元の小さなパン屋からスタートした会社はここ数年で業績を大幅に伸ばし続けており、支店をいくつも出し、日に日に忙しくなっていった。帰宅時にはどっぷりと疲れている。一緒に住み始めたばかりの頃は手分けしていた家事も、女一人が担わざるを得なくなった。

その頃、女は出産をした。家事の上に、不慣れな育児を抱え、ストレスが溜まっていった。喧嘩して、夫を夜中に放り出したこともある。夫は荷物を持って出たが、車で夜を明かし、明け方平然と戻ってきて、仕事に出かけた。夕方堂々と家に帰って来て、女の用意した夕飯を食べていた。

ある日、些細な口論が大喧嘩に発展し、たまたま夫の在留資格の更新時期だったために、会社を巻き込むことになった。

「別れますんで、これからはビザ関連は会社でやってください」

すでに製造の中心となっていた夫を手放したくない社長は、まあまあ、と女の剣幕を制し、もちろん、就労ビザ取得手続きなどへの協力はすると言い、一度二人で会社に来るように、と言った。翌日会社に出向くと、女よりほんの一つか二つ年上の社長は、来月にでも役職に就けて給料もアップさせるからと、喧嘩していた夫婦を丸め込んだ。

結局、女は夫と別れなかった。社長は約束通り夫に役職を与え、給料を上げた。夫の喜ぶ顔を見て、女は幸せだと思った。やはり、この男と自分は一緒にいるべきなのだとも。夫に定職があることへの安心感もあった。会社の言う通り働いていれば、人並みの収入があり、生活の保障があった。子供が保育園に入る頃、永住許可が下りた。何にも、問題がないように思えた。

息子はパン屋で働く父親を誇りに思っているようだった。すでにその店は、地元はもとより都内でも美味しいと評判で、テレビの取材が来るほどに有名になっていた。さらに数年が過ぎた。女と夫は、子供が入学する時期に合わせて、住宅を購入することにした。役職についていたためか、ローンの審査もすんなり通った。

あなたのお子さんは発達障害の疑いがある、専門家に見てもらってくださいと、入学の時に学校から指導された。女は特に気にしなかったが、夫に知られるとまたごちゃごちゃ言われると思い、黙っていた。息子は二年生になると「ぼくのパパはパン屋さん」という作文を学校で書いてきた。誤字だらけで、決して出来は良くなかったが、パパが作ったパンを食べられるなんて、素敵だね、チョコクリームパンとってもおいしそう、という先生のコメントを読んでからもう一度読むと、何だかすごい作文のような気がした。

それに触発されて、女は「しあわせのちょこくりいむぱん」という絵本を制作したのである。それが雑誌の新人賞の絵本分野で佳作を取り、本になった。すると、人気が出て、瞬く間に重版がかかった。その後も、「もちもちいちごのほっぺぱん」、「うれしはずかしかれーぱん」などの第二弾、第三弾がヒットした。

「でもね、『しあわせのちょこくりいむぱん』が〈おいしい絵本大賞〉を取ったこと、夫は知らないんです」

女が、困ったように言った。

「え、何でですか？」

やっと、車が少し動き出したので、気を付けながらアクセルに力を乗せる。

「夫はね、いま、家にいないの。いいえ、いま、じゃなくて、ずっと、かもしれない」

——順調に業績を伸ばしているから安泰だと思っていた夫の会社であったが、実は内部には問題が山積みだった。

給料や待遇の面で従業員の不満が続出していた。仕入れ先に対して莫大な借金を抱えていて、どうにもこうにも首が回らなくなっていたため、その余波が従業員を直撃したのである。だが、辞めていく人間は後を絶たなくとも、人気のパン屋なので募集をかければ新たな人材が入ってくる。次々に支店も増え、あちこちで催事を行い、口コミで広がり、メディアでもコンスタントに紹介されていた。簡単な日常会話以上の日本語がおぼつかない夫はメディアにばかり踊らされ、何が起きているのか知る由もなかった。

いつの間にやら夫は会社の中でも古株になっていた。製造チーフや、センター・キッチン長など、小さな役職にも二度ほどついた。長く働いていると、社内に気の合わない人間も出てきて、何度か小さないざこざがあったが、その都度乗り越えた。

ある日、夫は役職を外された。日本語の読み書きができないことが理由だと言っていたが、そもそもそれならば最初から役職につけなければいいわけで、どうにも腑に落ちなかった。もっとも、現場仕事が好きなのが幸いし、夫はあまり気にせず働いていた。社長が目をかけてくれ、給料は管理職だった頃と変わらないよう取り計らってくれていたのも大きいだろう。

そのころ、夫がよく、子供のために、と持って帰って来るパンがあった。それが、「しあわせのチョコクリームパン」だった。夫がネーミングを考えたとのことだった。コンセプトは、「大好きな人と一緒に食べたいパン」。店の中でも売れ線のトップ3に常に入っているパンだった。

そんな中、かねてから患っていた姉が危篤との連絡が、デンパサールより入った。社長に相談すると、今帰られては困ると言う。退職を覚悟で、夫は無理やり帰国するも、まもなく姉は亡くなり、悲しみの中、一月後夫は戻ってきた。

帰国後、会社に夫の席はなかった。社長は戻ってきた夫をパート扱いにした。しかも、夫の天職だったパンの製造から外し、包装部門の夜勤に配属した。二ヵ月後に人が辞めたため、社員として復活したが、希望していた製造職に戻ることは叶わなかった。というのも、夫に関して前からあった良くない噂が、ここへ来て大きく広がっていたのである。いつか役職を外されたのもそのせいだった。夫は否定したが、そもそも長期で帰国して印象も悪くなっている、ひいきしていると思われたくないから少し待て、と社長の命が下った。

噂のことを女が知ったのは、夫が夜勤の仕事をするようになってからだった。夫の行動が不可解だった。仕事に出かけると、まる一日以上後の昼頃戻ってくる。問いただしても、夜勤だから不規則、の一点張りだった。夫のスマートフォンにラインメッセージが届いたのを、たまたま見てしまった。「さっきは　ありがと♡　いま　わたしたちの　しあわせのチョコクリームパン　やいてるよ。あなたのことを　かんがえながら」ご丁寧に、日本語の読み書きが苦手な夫でも理解出来るように、すべて平仮名とカタカナで、単語と単語の間には一文字分スペースを空けている。一晩や二晩の付き合いの女ではない、と思った。

事件が起きたのは、何度かそういったことがあったあとのことだった。

会社が大きな仕入れ先に吸収合併されることになったのである。会社の人事も、社則も、製造の課程から、商品まで、大幅な変更があった。多くの社員が退職し、残ったのは夫を入れた数名の社員とパート従業員だけだった。

翌月、夫が貰ってきた給与明細を見て女は目を丸くした。

「何で減らされているの？」

夫に詰め寄った。

「あんただけなの？」

「たぶん……」

前社長が好意で付与してくれていた「調整費」が外されたことが原因だった。新たな責任者に問い合わせた。結果は、冷たい対応をされただけだった。

労基署に行くなど、いろいろ手を打ってみたが、手続きが複雑だった。しかも労基署に行ったとわかると、会社はさらなる締め付けをしてきた。給料をなんだかんだ理由をつけて再び下げてきたのである。

「もう仕事ヤメル。国に帰るから。三ヵ月ぐらい、国で休みたい」

「は、どういうこと？　こないだ帰ったばっかでしょ。仕事辞めるのはいいとしても、三ヵ月なんて帰ったら、失業手当貰えないよ。講習とか受けないといけないんだから」

「なんか何もかも嫌になったよ。アンタは何にもしてくれない。ワタシお金ゼンゼンゼンナイし、タロウもゼンゼン勉強しない。何もデキナイ。勉強もスポーツも。ゲームしてるダケ」

「は？　あたしのせいだって言いたいわけ？　ていうかタロウの何がいけないのよ。意味わかんない」

「もう離婚するから」

「え、何でそうなるの」

「もうこんな生活はいやだよ。こんなはずじゃない。こんなはずじゃ」

――。

「それで、デンマークに帰られたんですか？　旦那さん」

インターを出て、街道を女の家に向かう。ふふ、という女の含み笑いが、聞こえた。

「デンパサール。帰ったけど、戻って来ました」

元夫は電車を乗り変えて三十分ほどのところにある小さなパン屋で働き出した、と女は言った。

「じゃ、しなかったんですね、離婚」

「いいえ、しました」

明るい声で、女は言った。

「夫は新しい職場でもチョコクリームパンを作っているんですって。この間、息子とラインで今度会う時に持ってくるとか、約束してた」

「いい関係なんですね」

それしか、言葉が見つからない。いや、まだあった。

「そのチョコクリームパン、一度食べてみたいものですね」

「ええ、いつでも。検索すればヒットするんじゃないかな。私の本でなければそのパンだから。機会あったらぜひ食べてみてください。とにかく、一度食べたら忘れられない味なんですよ」

住宅街の一角で女を降ろすと、精神的な疲労が一気に全身に広がっていくのがわかった。女のせいだと、思った。本当は話を聞きながら、だんだんと胸がむかむかしてきていたのである。

「そんな男、捨てて正解ですよ」

いくら客だからと言って、それぐらい言ってやりたかったと思った。いや、甘い。本音はこうだ。

「可哀そうぶったって、同情なんかしないから。あんたみたいな、男に振り回されてるだけの女、吐き気がする」

だがそれは自分自身のことでもある、とリカは苦笑した。男に振り回されている自分に嫌気がさして、逃げたのだから。あの女は、インドネシアだかネパールだか知らないが、その外国の男の前から逃げないでい続けている。たとえ、離婚しても。

もやもやした気持ちを抑えつつ、JR高尾駅にまわることにした。もう一稼ぎぐらいしないことには、気がおさまらない。昼間なら登山目当ての客が大勢降りてくる場所であるが、この時間は人もまばらであろう。だが、深夜を過ぎたこの時間が、タクシー運転手にとっては割増料金がつき、一番稼げる時間なのである。信号待ちの時に、ふと後部座席が気になり、振り返った。

「あっ」

コンビニエンスストアの駐車場で、女の忘れて行った紙袋を確認した。中には、『しあわせのちょこくりいむぱん』の絵本が入っているはずだと、思いながら。だが、そこに在ったのは、一本の赤い百合の花だった。

結局そのあとは大した距離の客はおらず、早めに引き上げた。アパートに帰ると、紗栄が起きていた。このところ早起きをして、地理試験の勉強をしている。

「お帰りぃ。コーヒーちょうど淹れてたところだよ」

「サンキュ。あっあたしがやるから、勉強してて」

熱いコーヒーの入ったふたつのコーヒーカップをちゃぶ台の上に運んできて置き、腰を下ろすと、紗栄は畳の上にごろんと仰向けに寝転び、あーあと欠伸をした。

「なによ、あーあって」

「うぅん、何だか捗《はかど》らないんだよね。地理試験、こんなんでパス出来るのかなって」

そんなことだろうと思った、と、リカは笑いながら、疲れた足を伸ばした。

「頑張って。受かれば仕事の幅が広がるんだから」

「リカも受ければいいのに。何で勉強やめちゃったのよ」

「うん、ちょっといろいろあってね。でも、落ち着いたら受けるよ」

たとえ親友にも言いたくないし、言えないこともある。

「あたしは今すぐにでも稼げるようにならないとやばいから」

「ああ、借金があったんだっけ。パパっちの」

かつて「パパ友」だった紗栄の夫に、ギャンブルで作った多額の借金があったことは、最近知った。紗栄も浮気をしていた。要するに、どっちもどっちの理由で離婚したのだった。

「おかげで養育費がスズメの涙よ。足元みてるよね。条件断れば会社に乗り込むって言うんだもん」

「ふん、紗栄だって悪いんだから」

「まあ、そりゃあね。だから稼ぎたいの。もう男なんてまっぴら」

頑張って、と言いつつ、あれ、とリカは思った。熱いコーヒーを啜る。暖かな液体が喉の奥に浸透していくのを感じながら、自分に問うた。紗栄に、唐澤と別れたのかどうか、聞くべきかを。あるいは、唐澤に、連絡を取るべきなのかどうかを。

「あ、百合の花」

リカが持ち帰った紙袋を覗いた紗栄が、声を上げた。

「早く花瓶に活けてやらないと」

真っ赤な百合は、アパートの居間のちゃぶ台の上で、かなり長い間咲き続けた。紗栄が地理試験を受けに行った日の朝、百合がしおれているのに気づき、そういえば、チョコクリームパンのことを、ネットで検索するのを忘れていた、と思った。果たして、「しあわせのチョコクリームパン」はすぐに検索にかかった。隣市に少し前にオープンした「ブーランジェリー・カノン」の人気商品で、朝一で並ばないとすぐに売り切れてしまうそうだ。「しあわせのチョコクリームパン」のネーミングは、パン屋の主人が、前の店で働いていた時、当時部下だった妻に振り向いてほしくて一生懸命考えたとの、ホームページの紹介文を、リカは思わず二度読んだ。

ところで、検索の仕方が悪いのか、リカのスマートフォンの性能が悪いのか、『しあわせのちょこくりいむぱん』という絵本のことは、いくら調べても出てこなかった。

第五章　浅草、押上

リカのタクシーノート：東京スカイツリーに上ったことはない。というか、東京に住んでいるのに、この仕事を始めるまで、東京の観光地にはほとんど訪れたことがなかった。若い頃、新宿や渋谷の繁華街を夜な夜なうろついたが、それはカウントしないだろう。まあとにかく、スカイツリーである。浅草にほど近い、墨田区押上一丁目にある電波塔・観光施設で、二〇一二年に開業した。日本一高い建造物であり、電波塔タワーとしては世界一を誇るそうだ。東京スカイツリータウンの中にはソラマチと呼ばれる商業施設があり、休日はグルメやショッピングめあての多くの人出でごったがえす。特に最近増えている外国人観光客には人気だ。浅草とセットで東京見物の対象になっているらしい。ちなみに展望台の入館料は二千円以上と高額で、やっぱり値段を考えると上るのは二の足を踏んでしまう。それに、外から見るだけでも十分綺麗である。夜になると点灯するイルミネーションの色は、季節や、その時々に開催されているイベントなどによって変わる。私のお気に入りは、夜、浅草寺の境内から眺めるスカイツリー。伝統的なお寺の建物と、未来風な光のグラデーションに彩られたツリーとのコントラストが、めちゃ幻想的。桜なんて咲いているともう最高。

タクシー業務は、その日暮らしのようなものだ。客を乗せて走った分だけ自分に返ってくるが、客を見つけられないと地獄を見る。タクシー二年目、中だるみと言うのだろうか。ここ一ヵ月、ろくな営収が取れなかった。このままの営収が来月も続けば、様々な支払いに支障をきたす。家賃と光熱費の半分に食費。保育料。携帯電話代。子供関係の、諸々。稼ぎが少なかったからとはいえ、それらは待ってくれない。母のところに居た時は、少なくとも、給料さえ渡していたら、すべてやりくりしてくれていた。自分で何もかもしなければならない今と違って、何と楽だったことだろう。だが、母の元に戻ることはできないし、したくない。

調布駅のロータリーで待っている間、今日の営収の入った黒いポーチを開け、札を数えた。千円札ばかりである。小銭まで数えたが目標の数値には到底満たない。実は、ちょっと前にも数えたばかりだった。運転手の間で「ゴミ」と呼ばれるワンメーター客ばかりが続いているので、結果はさほど変わっていない。その少ない稼ぎでさえも、六十パーセントが会社にとられてしまう。自分の懐に入るのは、さらにわずかな金額なのだ。情けなさにため息が出る。

そうこうしているうちに自分の番が来て、カバンを手に持った男性乗客を乗せた。時間にして二十時過ぎ。会社帰りだろう。男の年齢は、雰囲気からして、リカと同じくらいか少し下か。

「東京スカイツリーに行って下さい」

久々の長距離客だ、と心の中でガッツポーズをとる。同時に、調布からスカイツリーへ行くなら普通は電車だろうに、との思いが頭をかすめるが、いまのリカには男の選択が正しかろうが間違っていようがどちらでも構わない。営収さえ取れればいいのだ。

「今日は特別なんで」

リカの思惑を見抜いたわけではないだろうが、タイミングよく男は言いながら、背もたれに寄りかかった。リカは、中央道から首都高四号新宿線に入り、首都高六号向島線、墨田区の浅草通りに向かうという、頭の中で思い描いたコースを、男に告げた。もちろん、高速を使うが金銭的に大丈夫か、という意味がこもっている。

「それで結構です。高速もどんどん乗っちゃってください。早く着く方がいい。お金は気にしなくていいですから」

太っ腹なことを言う客の声が震えていることに、リカは気づいた。何やら、無理してでもいるような感がある。おかしなことにならなければよいが、と、思う。まさかね。スカイツリーから飛び降りるわけでもあるまいし。ていうか、出来ないし。などと考えながら、黙々と高速を目指して走り続ける。

「女性の運転手さんって、珍しいですよね」

高速に乗り、タクシーが順調にスピードを上げ始めたので、男は安心したように話しかけてきた。

「最近は、増えてますよ」

一日に必ず一度は同じことを聞かれるので、同じように答えることにしている。

「そうなんですか。俺ははじめて乗りました。なんでまた、タクシー運転手を選んだんですか」

これも、お決まりの質問だ。

「運転が好きだから」

リカは言った。まあ、嘘ではない。それと生活のため、生きていくため、と心の中で付け加える。

「そっかあ。いいなあ。好きなことを仕事にできるなんて、羨ましい」

これも毎回のことだが、あまりにもしみじみと言われると、くすぐったい気持ちになる。だが、自分の話をあまりしたい気分ではなかったリカは、男に話を振った。

「お客様はどんなお仕事をされてるんですか」

すると、急に男は声の調子を変えた。

「……無職だよ」

え、と、リカは訊き返した。男は応えなかった。何か、聞いてはいけないことがあるのだろう。沈黙は辛いが、客が話したがらないことを根掘り葉掘り聞くわけにはいかない。

タクシーは高速を乗り継ぎ、やがて下の道に入った。もう、日本橋交差点である。左折して、中央通りに進んだところで、男が再び口を開いた。

「聞いてよ、運転手さん」

「はい」

「今日、辞表出した。ハニュウ生命の上司に」

「そうなんですか」

ハニュウ生命とは、羽生生命保険株式会社のことだろう。誰でも知っている有名な企業だ。

「最近赴任して来た上司と、折り合いが悪くってさ」

日本橋北詰交差点を右折すると、渋滞に遭遇したので、会話は中断された。前方に、ハザードランプを出して停車している軽自動車がある。通り過ぎる時、運転手らしき男が車の横に立ち、携帯電話を耳に当てているのが見えた。故障だろうか。リカは時間を確認した。二十一時半。スカイツリーの展望台が閉まるのは二十二時だが、間に合うか。幸い、タクシーは間もなくスムーズに動き出した。

「パワハラだよ、パワハラ」

男が再び口を開く。

「俺だけ目の敵。口も利かない。仕事の用件はすべてメール。メールに気づかないと逆切れ。出来損ないだの、給料泥棒だのってね。周りも見て見ぬふり。それで孤立して」

「ひどい。パワハラ以外の何ものでもないですね。そんな最悪な会社、私なら訴えます」

タクシーは両国橋に差し掛かった。男が何も答えないので、余計なことを言ってしまったかもしれない、と思った。たしかに、訴えて解決するなら、誰も苦労しない。

「運転手さん、スカイツリーに上ったことある？」

男は訊いた。

「無いです」

麗奈を連れて一度上りたいとは思っているが、いつになることやら。

「俺も、今日初めて上んの。そんで、展望台から、辞表叩きつけた会社に向かって、中指立ててやろうと」

中指、のところで、男がヒヒと笑ったので、思わずリカの口からも笑みが漏れる。

「ハニュウ生命のビルからも、スカイツリーが見えんの。ちょうど上司の机の後ろの窓からね。中指立ててるとこまでは見えなくても、スカイツリーが視界に入る。中指を含んだスカイツリーが」

会社への未練や不満、それに上司への怒り。たしかに、中指と共に突きつければ、すかっとするかもしれない。

「思いっきり、やっちゃってください」

男が鼻をすすっている音が聞こえる。泣いているのだろうか。本当は、会社を辞めたくなんかなかったのだろう。この先のことも、心配なのだろう。

「田舎に帰ろうかなって、思うんだ」

「どちらのご出身なんですか？」

「諏訪。それにしても、なんか運転手さん見てたら、諏訪で、タクシー運転手もいいかなって、思えてきたな。諏訪湖、案内すんの。俺んちの庭みたいなもんだから。御柱祭の時なんか、めっちゃ混んでさ」

男を乗せる前に聴いていてボリュームを下げただけのＦＭから、お気に入りの曲が微かに流れてきたのにリカは気づいた。もう少し大きな音で聴きたいと思いつつも遠慮していると、男の方から、音上げてよ、と声がかかった。

「お客さん、都はるみ、好きなんですか」

お若いのにわかってらっしゃいますねえ、と褒めると、男は照れ笑いをする。

「あんまし自分から演歌とか聴かないけど、この歌は好きなんですよ。しかも、さようなら〜って俺の今の気持ちだし」

リカは嬉しくなり、ボリュームを上げた。ちょうどサビに向かって盛り上がっていく、はるみ独特の力強い部分だった。

「はるみの曲、ハードディスクにもありますよ」

「へえ、かけてかけて」

タクシーは目的地に少しずつ近づいて行った。春日通りを進んでいく。青やピンクのライトに彩られたスカイツリーが雄大に聳えていた。幻想的な光が、地上の男や女を艶めかしく照らし出す。歌は、その光に物語を乗せる。

「到着しました」

「ありがとう。なんか、楽しかった」

男はすっきりとした表情をしていた。

「中指、頑張ってください」

男は笑った。

「今の今まで、忘れてたよ。そうだった、俺、パワハラで辞めるんだった」

「その調子。いやな過去は忘れちゃって、前に進みましょう」

「ですね。じゃ、いっちょスカイツリー、上ってきまーす」

はーい、と言いながら、男に手を振る。男が入り口に向かって行き、姿が見えなくなるのを見届けてから、リカは自分自身がスカイツリーに上り、中指を立てているところを、想像した。どこに向かってなのかは、わからない。だが、中指を立てたまま三百六十度くるりと回れば、世界中に向かって中指を突き立てられると、リカは思う。


結局、その日一日はスカイツリー以外ほとんど稼ぎがなかった。客のいない時期ということもあるのかもしれないが、めぼしい場所を何度行き来しても、乗りそうな客は誰一人歩いていない。こんなとき、自分は何のために働いているのだろう、とリカは思う。くさくさしながら営業所に帰着すると、向こうの方から原田がやって来た。

「原田さん、出番ですか？」

「おうっ出番。明け？」

「はい。明けです。ていうか、もう最悪、とうとう、営収、二万切っちゃったんですけど。飲みに行かなきゃ、やってらんないったら」

「馬鹿、声が大きいよ」

原田が眉をしかめながら、人差し指を口に持っていく。

「嘘っ。やば」

いつもはいない梁《ヤン》社長が営業所に来ているると、原田に告げられ、リカは真っ青になった。応接室はパーティションで仕切ってあるだけなので、声は丸聞こえだった。

「何がやばいんや、ああ？」

案の定、梁社長のドスの効いた声が応接室の奥から飛んできたので、リカは応接室に入り、ソファで煙草をふかし、睨みをきかせている梁社長に正直に今日の営収を報告するはめになった。

「すみませんでした！」

頭を下げた。この時期は客が少ないだのと、しどろもどろの言い訳をしながら。もちろん、言い訳なんて社長には通用しない。

「もっかい走ってこい！」

何度、怒鳴られたことだろう。もっかい走ってこい、つまり、もう一回営業に行って来い、とは、梁社長の口癖である。たたき上げのタクシードライバーから、いくつもタクシー会社を渡り歩き、個人タクシーを経て、苦労してこのスリー・バード観光交通を作った。ドライバーとして、いくつもの修羅場をくぐり抜けてきたらしい。もっとも、どんな修羅場なのか、今いる社員たちは誰も聞いたことがない。空恐ろしくて聞く勇気がないのである。

社長にこってりとしぼられたので、飲みには行かずまっすぐ家に帰ったリカであった。

第六章　麻布十番とよみうりランド

リカのタクシーノート：よみうりランドに遊びに行ったことは一度もない。ていうか、よみうりに限らず、遊園地とはあまり縁がないんだよね。あっでも、中学の卒業遠足、ディズニーランドだったっけ。ま、いいか。調べてみると、よみうりランドはかなり奥が深いらしい。稲城市と川崎市の間にある山の上の広大な敷地を、よみうりランドは所有している。そこで遊園地のほか、野球場や、ゴルフ練習場、温泉など、様々な施設を運営しているんだ。よみうりランド遊園地には、四十種類の乗り物があって、大人から子供まで人気だとか。バンジージャンプもあるみたい。でも最近では乗り物以外の目的、たとえば冬期のイルミネーション鑑賞のために夜に訪れる人も多いとか。また、夏季には、スライダーやなんかがある巨大なプールが開かれ、これもかなり混雑する。あと、ほとんど知られていないようだけど、よみうりランドの奥の「聖地公園」には、日本で唯一釈迦の整髪が納められている釈迦如来殿や、重要文化財の「妙見菩薩尊身像」があるんだって。実はすごいところなのだ。

感じのよい客だと、最初は思った。背は低いが、パリッと、スーツを着こなしていた。タクシーを呼び止めるために上げた手首には、高級そうな時計が光っていた。年齢は四十ぐらいか。笑顔が爽やかだった。乗り込んできた時、ふわりと良いにおいがした。話も弾んだ。

長距離客にツイている日だった。前の客は百草園からの初老の女性二人連れで、紅葉鑑賞帰りだった。銀座で買い物と食事をすると言うので、舞い上がった。渋滞もなくスムーズに都心まで走り、今話題のソニーパークの近くで二人を降ろした。これだけで営収は万を軽く超えた。焦る必要がなくなったので、食事をし、十分な休憩を取り、都心をドライブすることにした。地理試験に向けて、町の様子や道の感触を掴むため、と言いたいところだが、もちろんそれは建前で、あわよくば帰りの長距離客を捕まえることが目的である。

麻布十番の駅近くで信号待ちをしつつ、ふと見ると、有名な待合場所か何かなのだろう、美しく着飾った女性が五、六名、人待ち顔で立っている一角があった。ハイヒールを履き、遠くからでも高級ブランドだとわかるバッグを手にした女性ばかりである。あのようにおしゃれをして、誰かを待ったことがあるだろうか、とリカは考える。あるのかもしれないが、遠い昔だった。ブランド物も、ハイヒールも、もう何年も縁がない。信号はなかなか変わらなかった。と、その時だった。マイクロバスがすっと停まり、制服を来た幼児たちが降りてきた。着飾った女たちが近寄っていった。それぞれ一人ずつ幼児の手を引いて、去って行った。

信号が変わり、車を発進させながら、唖然としていた。あの着飾った人たちは、子供を迎えるために幼稚園バスを待っていたお母さんたちだったのだ。同時に、同じ幼児の母親である自分との違いを思った。業務中はタクシーの制服と崩れ気味の化粧、公休の時はジャージやスウェット、すっぴんにひっつめ髪で麗奈を迎えに行くのである。

そんなことを考えながら走っていると、男がすっと手を上げたのである。

条件反射で停まったが、すぐにしまったと思った。方角によっては断らなくてはならない。近距離客はすべてNGだった。ここは都心部だから、リカのタクシーの場合は業界のルールで、南多摩営業区域、つまり日野、八王子、多摩、町田、稲城市方面行きでないと、受け入れるわけにはいかないのである。仕方がなく、リカは説明をはじめた。

「あの、この車は多摩方面の行き先のみで……」

「稲城だよ。よみうりランドのほう」

うそ、と思わず口にしそうになった。頭の中で、さっそく予想される営収からの自分の取り分を計算した。頭の中にピースサインをいくつも描く。

よみうりランドの山に別荘があると、男は言った。まずは、中央道の調布インターを目指す。幸い、道も空いていた。軽やかに、リカはスピードを上げる。何もかも、うまく回りすぎて、怖いくらいだった。高速を下りるまでに三十分しかかからなかったのも、奇跡としか言いようがない。

よみうりランドの坂を、リカは上がって行った。道路は遊園地の手前から、東京都から神奈川県のものになる。よみうりランドは、ちょうど稲城市と川崎市の間にある。境目は複雑だった。少し走ると、また東京都に戻ったりする。リカは、いつもその境を通るたびに、気持ちが改まるような思いがする。

すでに日はすっかり暮れていて、冬季限定の遊園地のイルミネーションが点灯されていた。きれいだなあ、と男が呟いた。

「メディアにもよく取り上げられていますよね。これ目当てで夕方から来場するカップルも多いみたいです。ほんと、きれいですよね」

リカが言うと、客は言った。

「夜景もだけど、運転手さんもきれいだな」

歯の浮くような社交辞令だが、こういう時は、素直に礼を言っておくことにしている。

「それはそれは、ありがとうございます」

運転しながらでも、車窓の向こうの赤や青、紫、ピンクなどのライトがキラキラと目の端に届く。ロマンティックな光のせいか、耳障りのよい異性の言葉のせいか、何となく浮かれた気持ちで満たされていく。いつか麗奈を連れてきてやろう、そう思いながら、指示された方に車を走らせた。

その間、ひとしきり男は、よみうりランドの聖地公園には仏舎利があり、釈迦の髪がまつられている、実は日本でも珍しい場所なのだといった雑学を披露し、リカはいちいち、へえ、そうなんですね、と感心した風な声で返答した。釈迦がどうのなどという話に興味はないが、マナーというものである。

「やっぱいいな、この山。買おうかな。お金はあるんだよね」

「山なんて、買えるんですか？」

「そりゃ何だって、形あるものは買えるさ。金次第でね」

もし本当なら、何とも羨ましい話だ、と思う。いずれにせよ、別世界のことだ。自分には関係ない、と心で呟くが、にっこりと笑ってこう返した。

「それは素敵ですねえ。ただただ羨ましいです」

男は嬉しそうに続ける。

「じゃあ運転手さん、よみうりランドを一生入場無料にしてあげる。この夜景を、好きなだけ味わえるよ」

馬鹿馬鹿しい会話だ、と思った。だいたい、さっき会ったばかりの知らない者どうしではないか。仮にほんとうに山を買ったり遊園地を買ったりしたところで、ちょっとすれ違っただけの運転手のことなんか、覚えているはずもない。もっとも、こんなような会話いや茶番は、運転手をやっている中で、毎日交わされるものだから、リカは動じない。そして、茶番に付き合うのも、サービスの一つである。

「わあ、嬉しいですぅ」

とびっきりの笑顔と声色を作った。

よみうりランドから離れ、数分ほど進んだ頃だろうか。男から、悪いんだけどちょっと停まってくれるかな、と声がかかった。

男は、座席のどこかにスマートフォンを落としてしまった、と告げた。さらには、いますぐ見つけないと、仕事相手から大事な電話がある、とも言った。わかりました、とリカは言い、車を停めた。

後部座席の電気をつけ、男はスマートフォンを探していたが、見つからない、と言った。リカは、電話をかけて場所を確認することも出来ると思ったが、自分の番号を男に知られることになる。かといって非通知設定にするのも失礼な感じがして気が引ける。だが、男に電話をかけてみてほしいと頼まれると断れないと思い、こう言った。

「椅子の下の、奥のほうに入っちゃったのかな。私が探してみますね」

落としたのなら、どこかにあるだろう。さっさと見つけてしまえばいいのである。いったん車のエンジンを切り、車外に出た。男も車を降り、代わりにリカが後部座席に入る。

「ないですねえ。もっと奥かな」

後部座席に四つん這いになった。シートの足元の部分に顔を突っ込み、運転席の下のほうに手を伸ばして探った。スマートフォンらしきものはない。その時だった。

「えっ」

振りむくと、いつの間にか背後に男がいた。

「何……」

男は後部座席の電気を消すと、後ろから覆いかぶさってきた。抵抗しようにも、両腕を押さえるように後ろから抱きすくめられていて、力が入らない。自分は、レイプされるのだろうか。ショックと恐怖で心臓がどうかなってしまいそうである。

「運転手さん、俺、好きになっちゃったよ」

男が、後方からリカの首筋に唇をつけた。首から耳にかけて、舌を這わせてくる。

「な、いいだろ」

「やめ……」

なぜか、それに続く声が出なかった。もっとも、叫び声を出したとしても、すでにドアは閉められ、密閉されたタクシーの中である。それでも必死で爪を立て、男の腕を振りほどいたと思った。だが、男は、制服のブラウスのボタンをはずすために腕の力を緩めたに過ぎなかった。ボタンははじけ飛んだ。男はブラジャーの中に滑り込ませた掌で、乳房を弄びはじめる。

相変らず声は出ない。ただ、身体中の力が抜けていく。と、その時だった。誰かの声が、頭の中に響いてきた。可愛いね。きれいだね。肌に絡みつくような、複数の声。リカは耳を塞ぎたかった。だが、その手は男にのしかかられ、自由にならない。男のもう片方の手が制服のズボンのベルトにかかり、ベルトが穴から外され、ズボンから引き抜かれる。

ズボンのホックが一瞬ではずされたのは、簡単に外れる類のものだったからというのもあるが、このところ激務のために少しやせていたのもあるだろう。慌てて抵抗したが、その両手首は男の大きな左手に捕まれ、頭の上に上げられた。男は自由な右手でファスナーをあっという間に全開にし、そしてズボンを下着ごと一気に引き下げた。

「思ったとおり、いい身体してる」

男は笑いながら、右手を尻から太ももにかけて行き来させる。何度かそうしたあと、男は太ももの付け根で手を止めた。今度はその内側をまさぐろうとしてくるので、リカは両足をぴったりと閉じて抵抗する。それ以外は、一切の自由が利かない。男が、再び耳元に口を付けて、気持ちよくさせてやるよ、と囁く。

その顔に、リカは唾を吐きかけた。

「誰がお前なんか」

衝撃が、喉元を襲う。男の手が首にかかっていた。男はその手に力を籠める。そうしながらも、優し気な声を出した。

「俺に抱かれたいだろ？」

リカは頭を振る。男は、さらに力を込めた。息が出来ない。

「抱かれたいんだろ、うん？」

死ぬわけにはいかない、と、思った。いま、死ぬわけにはいかない。私には麗奈がいるのだ。

今度は、首を振らなかった。だが、頷きもしない。代わりに、心を殺した。身体から力が抜けていく。何もかもがゆらゆらと溶けていくような感じを、頭の裏に思い描く。太ももはもうぴたりと閉じてはいない。男は、首を押さえていた手を放し、下に下げてきた。尻にかかった時、腰が自然に浮いた。

リカの足のところに絡みついていた制服のズボンを男ははぎ取り、靴と一緒に座席下に落とした。屈辱の覚悟は出来ていた。背後でベルトを外す金属音が聞こえる。一晩限りの相手と普通にセックスするのとさして違わないのだと、自分に言い聞かせる。そう、ただ、楽しいか、楽しくないかの違い。いまさら処女でもあるまいし。様々な言葉が頭に浮かんでは消える。男の中心がリカの繊細な部分に微かに当たった時、目を瞑った。妙に冷静なのが不思議だった。

その部分を男は弄んだ。最初は不快だったが、やがて敏感な部分の奥のほうがが熱くなりはじめてきたのに、リカは気づいた。心とは裏腹に、身体はまるで、男の中心が敏感な場所を貫くのを待っているようだった。とてつもない羞恥心がリカを苛んだ。だが、それは長く続かなかった。なぜなら、まもなく男の息遣いが小さな悲鳴のような声に変わったと思ったら、動きが止まった。男はリカから身体を離した。数十秒後か数分後か定かではないが、男は出て行った。シートの上には、男がほら、と言いながらリカの鼻先に突きつけ、首を横に振ると苛立ったようにシートに叩きつけた三枚の一万円札のうちの一枚があった。

リカは放心していた。今の状態を、何と形容すればいいのだろう。たしかに、乱暴は働かれた。だが、これは凌辱に値するのだろうか。金を貰ったのだから、違うのだろうか。また、リカは別の疑問も抱えていた。つまり、男は最後まで行為を行ったのかどうか、半信半疑だった。なぜなら、リカの奥に男の痕跡は残っていない。あるいはそれは、リカの今までのセックスの経験から、そう思っているだけなのかもしれなかった。事実、何らかの感触はあった。その部分も湿っている。だが、男の精液なのかどうかはわからないし、確かめたくもない。

やっと身体を起こした。身なりを整えようと、下着を探した。後部座席の足元にズボンと絡まり合って落ちていたのを拾い上げ、その時に先ほど男が叩きつけた勢いで足元に落ちた二枚の札も拾った。と、後ろから聞き覚えのある声がした。

開けっ放しのドアの向こうに驚いたように立っている唐澤と目を合わせたのは、ほんの短い時間だった。制服の前がはだけ、ブラジャーが押し上げられて胸が見えていた。下半身は靴下だけしか履いていなかった。髪は男に掴まれて乱れ、化粧は男の唾液に濡れて剥がれ落ちていた。そして、手には金が握られていた。とっさに、自らドアを閉めた。だが、すべてを見られたことへの恥ずかしさと、悲しさと、怒りが、リカの中でぐるぐる回っている。

服を着たが、出て行くに出て行けなかった。なんで来るんだよ、あの馬鹿。心で悪態をつく。もう、意味がわからなかった。唐澤も気まずかったようだった。少しの間躊躇してから、背を向けて行ってしまった。唐澤の車が走り出すのを確認すると、全身から力が抜けてその場に崩れ落ちた。

よみうりランドにカップル客を送り届け、駐車しているスリー・バード観光交通のタクシーを見つけ、ドアが開いているので近づいた。そんなようなことを、出番前、営業所で煙草を吸っていたリカに唐澤が説明しに来たのは、何日も経ってからだった。

「それで、聞きにくいんだけど」

「は?」

「相手は客?」

「何がですか」

「だからよみうりランド。えっと、無理やりとかじゃないよね?」

「違いますから」

ぴしゃりと、リカは言った。あえてそういうことに決めたのだ。だいたい、証拠もない。車のエンジンを切っていたので、ドライブレコーダーにも何も残っていない。たとえ残っていたところで、唐澤に何が出来る。そう思った。

リカの強い口調に押されたのか、唐澤は用事を思い出した風に振舞いながら向こうの方へ歩いて行ってしまった。もう何も考えたくない、と思う。なのに、今度は原田がやって来て、リカの隣に座った。差し出された煙草を条件反射で受け取った手前、さして吸いたくもない二本目に火を点ける。

「どした？　唐澤ちゃんと喧嘩でもしたか？」

「別に」

さっきのやりとりを遠くで見ていたのだろう。気のいいオジサンの原田だから他意はないとわかる。だが、人のプライベートにすぐに首を突っ込みたがるのは勘弁してほしい。リカにしてみたら、たまに飛び出るセクハラ発言のほうがまだ許せるのである。いまは誰とも話したくないんだから、あっちへ行って。そう言いたい気分だが、ぐっと耐える。

「いやあ、だけど唐澤ちゃんも、落ち着いたと思うよ。この業界入ってから。昔はうどん屋の厨房とか、歌舞伎町の客引きとか、ぜんぜん違うことしてたっつうんだから、わかんないよね。仕事クビになって荒れてたところをさ、まだ個人タクシーやってた梁社長が拾って。だから数少ない創業メンバーなんだよね、唐澤ちゃんは。俺より古いの」

そうなんだ、と思った。同時に、前に紗栄が言っていたことを思い出す。唐澤は、梁社長に拾われ、ここに居場所を見つけたということなのだろう。ならば、自分の居場所はどこだろう。タクシーを好きだと一度は思った。だが、あのような出来事を封印してまで、続けるべき仕事なのだろうか？　いや、続けなければならない。それはわかっている。稼がねばならないのだから。原田に煙草の礼を言い、営業のためにリカは立ち上がった。

十数時間後、出番を終えた明け方、疲れた身体でアパートに帰りついた。ドアを開けようとしたら唐澤の声が聞こえたので、思わずはあっとため息をついた。

「鬱陶しいんだよ、もう」

玄関には、男の靴が二足あった。唐澤だけではなく、紗栄の別れた夫も来ているようだ。どうやら、唐澤が泊まり込んだところ、夜中に元夫が訪ねてきて鉢合わせしたパターンのようだった。修羅場を経て、話し合いをはじめ、それが今に至っているのだろう。それにしても、唐澤が自分を心配して会いに来たわけではないと悟り、安心するような、残念なような、複雑な気持ちが湧きだしてきていることに、リカは気づいた。

「あ、まま。まま、おかえりぃ」

佑美と一緒に唐澤にまとわりついていた麗奈がこちらに駆け寄ってくる。子供たちは、どうやら、唐澤にかなり懐いているようだった。遊んでくれるお兄さんのような感覚なのだろう。しかしながら、麗奈はともかく、自分の娘が次の男に懐くのを、紗栄の元夫が面白いはずがない。その元夫とリカは久しぶりに会うが、無言で会釈をしてきたその顔は、「パパ友」だった昔とは、あきらかに面変わりしていた。だらしなく伸び切った髭と白髪。苦労しているのか、げっそりとやつれている感もあった。そして、話し合っている三人には、険悪でこそないにしても、重苦しい空気が漂っていた。すっぴんにパジャマ姿で正座し、事務的なですます調で淡々と話している紗栄は、不気味ですらあった。パンティとキャミソールにエプロンだけで男に料理を作っていた女とも思えない。

「ごめん、邪魔して」

疲労の波が、これ以上は耐えられない位置にまで押し寄せてきていた。

「気にしないで。話はもう済んでるから」

おやすみ、と言いながら自室の六畳に入って行くリカの耳に、どこか冷ややかな紗栄の声が届いた。

第七章　多磨霊園から

リカのタクシーノート：多磨霊園は、東京都に八か所ある都立の霊園のうちの一つだが、全国最大規模の広大な敷地と、著名人の墓が多いことで有名だ。墓地と言えば怖いイメージがあるが、ここは都内初の公園墓地ということで、四季折々の武蔵野の自然を楽しむことも出来、憩いを目的に訪れる人も多いようだ。霊園内を車で移動できるのもいい。わざわざ用もないのに墓地で憩いたいとは、あまり思わないが、タクシーで休憩するのには良いだろう。

その朝、出番を終えて帰宅すると、リカの六畳部屋に、麗奈と佑美が一緒に寝ていた。またか、と、ため息をつく。同居してから、暗黙の取り決めで、子供の面倒を見る方の部屋に、二人を一緒に寝かすことになっていた。すなわちこれは、リカへの、二人をよろしくというメッセージだ。ただし、今日紗栄は、公休だったはずである。出番と明け番と公休を、やりくりしているので、どちらかが働いている時は、どちらかが家にいて子供の面倒を見たり、保育園の送迎をすることになっている。紗栄が家にいると思えばこそ、安心して夜も働いているのに、これはどういうことなのか。いや、リカにはわかっていた。男である。男以外の何物でもない。

地理試験に落ちた紗栄は、やけになったのか、このところしょっちゅう夜に出歩くようになった。詳しくは紗栄も言わないし、リカも聞きたくないが、要するに、あの唐澤と乳繰り合っているのだろう。好きにやればいいが、その間、アパートは子供だけになるではないか。無性に腹が立った。この間、注意をしたばかりだったのだ。

「でも、深夜回ってからの、ほんの数時間だよ。ほら、この子たち、一回寝たら朝までぐっすりじゃん？　夜が明けるまでには帰るし、リカだって五時ぐらいに戻ってくるでしょ」

「防犯上の問題のことを言っているの。泥棒に侵入されたらどうするの？　アパートが火事になったら？　地震が来たら？　もうちょっと考えてよ」

わかった、ごめん、と、紗栄は急にしおらしい顔になった。だが、一向にその言葉は守られていない。

紗栄はいつ戻るのだろう。アプリで呼び出したが、応答はない。保育園の早朝保育が始まる時間まで、あと二時間弱。眠ってしまおうか、それとも、その時間まで待って、子供達を早めに預けに行くか。眠ってしまったら、登園時間ぎりぎりの九時に間に合うように起きられる自信はなかった。子供らにずっと家に居られたら、疲れは取れないだろう。中途半端な睡眠では次の営業に支障が出る。睡眠不足による居眠り運転や、疲れによる不注意からの事故を防ぐためにも、睡眠はたっぷりとっておく必要があるのだ。

「ただいま」

座ったままうつらうつらしていると、声がした。

「もう。遅いよっ」

しぃっと、紗栄は指を口元に持っていく。

「起きたっていいよ。もう朝なんだから。ったく、何でこんな時間まで。あんな男のどこがいいんだか」

娘たちのどちらかが寝返りを打ったようで、二人の蒲団がもぞもぞと動いている。そろそろ起きるのだろう。壁に掛けたミッキーマウスの時計が七時近くを指していた。

「ごめん、ほんとにごめん。でも違うの」

「何がよ」

「だから、拓郎と会ってたんじゃないってば」

「じゃあ、何してるの。このところほとんど毎晩、夜出かけてるでしょ」

紗栄は、疲れた視線を床に投げた。

「デリヘルだよ」

「えっ」

「お金、必要なんだ」

明け番の日、夕方までぐっすり寝て、子供を迎えに行き、夕食を食べさせ、寝かせた後、化粧をして出かけるのだと、紗栄は言った。行きは終電、帰りは始発で、隣町の繁華街へと通勤していたらしい。

「週に三回ぐらいだけどね。まあ、稼げるよ。当たり前だけど」

地理試験に落ちたから、と、言い訳のように紗栄は言った。驚きを隠せないまま、リカは問うた。

「なんでよ。少ないって言ってたけどちょっとは養育費、貰ってるんじゃないの？　私なんか、麗奈の父親から一銭も貰ってないよ。営収だって少ない。でもちゃんと生活してる」

「私、リカよりもさらに営収取れてないんだよ。知ってるでしょ」

「節約すればいい。お互い様だよ。何なら、もっと安い部屋に引っ越せばいい。コツをつかめばそのうち営収だって……」

「無理だよ。だいいち、私にやる気がない。コツなんていつ掴めるのかもわからないでしょ。借金いくらあると思ってるの？　言ってなかったけど、旦那名義のものばっかりじゃなかった。私名義や、私が保証人になってるものもかなりあった。しかもあいつ、行方くらましやがったみたいで、こないだ来た時以来、連絡取れない。もう風俗やるしかないって思った」

「紗栄のせいじゃないのに？　弁護士に頼むとかできないの？」

「私のところに督促状が届いた時点で、腹をくくったんだから。リカは口を出さないで」

紗栄には紗栄の、リカにはリカの事情がある。それはわかっていることだったが、親友は負けを決め込んでしまったようだった。

「じつは学生の頃、ちょっとだけそっち系のバイトしたことあるんだ。だから平気」

初耳だった。紗栄は以前に経験があったのだ。されど、経験があるのと「平気」とは違う。平気になんてなるわけがないことを、リカはよく知っている。

他に、術はないのだろうか。いや、紗栄だって、何回も、何十回も思い直し、思い直ししながらも、決心したことなのだろう。学生の小遣い稼ぎのアルバイトではない。生きていかなくてはならないのだ。

「身体壊すよ」

それしか言えなかった。

「だから……タクシーもうやめる」

「やめるって……」

「少し前から考えていたんだ。デリヘルの稼ぎがある程度軌道に乗ったら、きっぱりやめようって。それで、昼間働く。これは今思ったことだけど、子供にも、リカにも迷惑かけないように、昼間保育園に預けている時間働いて、夜は家に居るようにする。夜よりは実入り少ないけど、毎日働けば、タクシーよりぜんぜん稼げるはずだから」

「自由にいろんなところを走れるから面白いって、前に言ってたよね」

「それは絵空事だよ。営収とは何の関係もない。好きな所走ってたって、お客さんなんかいないいんだよ。風俗は、いろんな人と出会えて、社会勉強にもなって、それで、必ずお金が稼げる。それもたくさん。私、結構合ってるかもしれないって、思い始めてる」

「身体を酷使しても？　二種免許、せっかく取ったのに、無駄にしても？」

「私だって一生風俗で働くとは思っていないよ。若いうちに稼げるだけ稼いで、オバサンになったら辞める。それからなら、タクシーの仕事、真剣にやってもいいと思うよ。むしろ、年を取ってからでも出来る仕事。それがタクシーなんじゃないの」

紗栄の決心は固そうだった。

それから紗枝が子供たちを保育園に送りに出かけ、リカはまだぬくもりが少し残る蒲団にもぐりこみ、こんこんと眠った。眠る直前、一つのことが、頭の中にぼんやりと浮かんだ。

「だから、拓郎と会ってたんじゃないってば」

あのよみうりランドの夜、唐澤にすべてを見られた。あの時ほどショックを受けたことはなかったし、怒りの気持ちを覚えたこともなかった。だが、時間が経つにつれて、見られたのが他の誰かではなく唐澤で良かったと思うようになった。何かはわからないが、彼の奥底には繊細な、秘めた部分があるようだった。そんな唐澤になら、自分の内側をさらけ出せる。恋愛と呼べるのかどうかわからないが、彼はそういう相手であるような気がした。唐澤は、どう思っているのだろう。紗栄と紗栄の夫と、何を話し合ったのか。いや、自分が今知りたいのは、そんなことじゃない。知りたいのは、彼が紗栄の新しい仕事のことを、知っているのかどうかだ。この後に及んで紗栄は、隠して付き合っているのだろうか。唐澤はそれを知ったら、どんな顔をするのだろう。そして、思った。自分は嫌な女だ。ものすごく嫌な女だ、と。

他の男に何度も、自ら抱かれた。身体だけの関係に溺れた。客に屈辱的な行為をされたのに肉欲に火がついてしまった。ずっと好きだったとか、自分の気持ちに気づいたとか、きれいごとを言うつもりはさらさらない。ましてや、都合よくいろいろなことを棚に上げ、紗栄に何かを言う資格など、自分にあるはずもない。

「何やってるんだい。さっきから電話してるのに」

「ああ、ごめん。明け番で寝てた」

昼過ぎ頃、スマートフォンの振動が何度も鳴り響いた。襖一枚隔てただけの隣の部屋で子供たちを保育園に送った後公休の睡眠を貪っていた紗栄から、いい加減に出てよ、と文句を言われ、はっと目覚めたのだった。電話は、母からだった。そのしゃがれ声を聞いた途端、心臓を掴まれる気がする。それでも、平静を装った。

「何、ママ、どうしたの」

「パパがね、帰ってくるっていうんだよ」

「え、誰が？」

「パパ。おまえの父親」

一瞬、目の前が真っ暗になった気がした。

玄関を開けた途端、虫が飛んできて、鼻に当たった。何の虫だかは、見なくてもわかる。リカは一瞬だけ顔をしかめ、ポケットから取り出したハンカチで顔を拭く。

「来たよ」

そう声をかけると、奥からしゃがれ声が響いてきた。

「悪いねえ。せっかくの休みなのに」

「ぜんぜんだよ。麗奈は保育園だし、家に居たってやることないもん」

慎重に言葉を選ぶ。掃除に来ると、リカは自分から提案したのだったが、少しも、恩着せがましさが残らないように、なるたけ明るく、朗らかに対応しなければならない。

「それにママに似ず、掃除結構好きだし」

「まったく、急な客ぐらい、いやなものはないさ」

「客って、来なくていい時に来るよね。それにしてもパパが来るとは」

母にしてみたら、所詮父など、「急な客」に過ぎないのかもしれない。確かに、別れて何年も経っている。いまさら母に何の用なのだろう。しかも、母は「帰ってくる」と言った。「帰る」とは、どういうことなのか。そもそも、この家が父の家だったことなど、一度もないはずだ。

「まあ、珍しく里心ついたとか、そんなところだろうよ。もっとも、里なんて、あっちゃこっちゃにあるんだろうがね」

「じゃあ、断ればよかったじゃん」

「別にいいよ。せっかく来たいっつってんだから、茶の一杯も出してやんないとね」

何となく、母は喜々としている。その、茶の一杯のために、リカは半日以上働いた。ゴミを捨て、洗い物をし、掃除機をかけ、テーブルを拭き、洗面所や台所を磨いた。どれだけ働いても、ゴミ屋敷はゴミ屋敷のままだったが、何とか、足の踏み場ぐらいは作ることが出来た。

結局父は来なかった。母は、コーヒーをいつでも淹れられるようセットし、花瓶に花まで活けていた。風呂で身体を洗い、服を着がえ、化粧をしていた。つまり、どう見ても準備万端整えて男を待つ女の姿がそこにあった。

「せっかくの苦労が水の泡だ」

そう口にしたわけではないが、母の表情は明らかにがっかりしている。

「いいじゃん。どうせまたぶんなぐられるだけなんだから。ていうか、まさか、またつきあう気だったんじゃないでしょ？」

ジェルでカールを整えた母の髪が、蛍光灯に痛々しく光っているのを見て、そう慰めたつもりだった。母は焦ったように、短く答えた。

「まさか」

「よかった。いい年してウキウキと待ってたとかじゃなくて。それにしても、ああ疲れた」

母は何も言わなかった。ただ、目を大きく見開き、唇が震えていた。機嫌を損ねたかもしれない、と気づいた時にはもう遅かった。

「はいはい、お疲れのところ、掃除していただいて、すみませんでしたねえ。だけどこの家は自分で買った家だ。散らかそうが何しようが、とやかく言われるこっちゃないんだよ。だいいち、あたしが来てくれとか、頼んだか？　お前が勝手に来たんだろう」

父が来なかったせいで、なぜ自分が怒られるのだろう。理不尽な思いで、いっぱいになる。そして、思った。こんな気持を、自分はいったいいつまで、何歳まで味わわなければならないのだろう、と。心の中の耳を塞ぐ。何も、聞きたくない。

いつのまにか、母は酒を出してきていた。

「お酒やめればいいのに」

「うるさい」

「じゃあもう、好きにすれば」

「あたしに対してそんな態度とるのは承知しないよ」

母はすでに酔っていた。そっと、家を出たつもりだった。だが、育ててやった恩も忘れて、という捨て台詞のような言葉が背中を突き刺す。この、心もとなさは、何なのだろう。

夢を見た。子供のころの夢だった。記憶は、ぼんやりと、おぼろげで断片的だった。あれは、どこの海だったんだろう。そう、家族で海水浴に来ていたのだった。父がいた。泳ぎを教えてくれていた。海の水は、胸ぐらいの深さまであった。午後になり、潮はどんどん満ちてきていた。気づいたら、首の下まで水が来ていた。波が来るたびに、一生懸命ジャンプして高さを保った。やがて、大きな波が水平線近くからやって来るのが見えた。恐怖を感じた。山のような波のうねりが近づき、飲み込まれそうになった。もうだめだと思ったその時だった。父が腰を横から支え、ふわっと波の上に身体を持ち上げた。浜の近くで、大きな音を立てて波は崩れた。

リカは目を覚ました。コンビニで、休憩を取っているうちに、思わずうとうとしたのである。まだ深夜二時だった。駅の方に向かう。酔っ払い客の、一人や二人、いるだろう。それにしても、夢はリアルだった。実際、リカには父に関して、そのような記憶があった。あの時の安心感。あれは何だったのだろう。父は恐ろしい。だが、父の中には、同時にあの安心感がある。父がいないということは、恐ろしくもないが、安心感もないと言うことだ。

不倫と思しき年の差カップルを、聖蹟桜ヶ丘から神奈川の方まで乗せることになった。野津田に女を送ってから、相模原に男を降ろす手はずだった。ところが後部座席で、二人が性行為をしはじめた。服がこすれ合う音と、男の荒い息遣い。女は、みだらな声を上げる。まるで運転席にいるリカにわざと聞かせるように、歓喜の歌を歌う。

「やっぱりホテルに行ってくれ」

まだ多摩市だった。鎌倉街道のラブホテル前に二人を降ろした。がっかりだった。鬱陶しい場面を見せつけられたあげく、たいした営収は取れない。くさくさする。リカは、叫びだしたくなった。

「ばかやろうッ」

そうひとりごちたら、情けなさに涙が出てきた。

今月の営収のことを考える。タクシーを始めて一年近く。今までにないスランプだ、と思った。このままでは、家賃を払えるかどうかわからない。紗栄に迷惑をかけるわけにはいかない。

「だったら、リカも一緒にやろうよ」

前に、営収のことで愚痴を漏らした時、紗栄に誘われた。少しだけ、心が動いたが首を横に振った。

ふと、母は、どんな思いで三人の子供を育てたのだろう、と思った。父などあてにしていなかったことは確かだ。働いていたし、火事で燃えた福生の家は、もともと母方の祖父母の所有だった。今の家は、火事の後、土地を売ったお金で買ったと聞いている。もっとも、当時のことはリカの記憶にはない。あるのは現状のゴミ屋敷だけだ。

母はいつ父と出会ったのだろう。よくわからない。最近、妹から、母は父と出会う直前まで、横田基地のアジア系空軍兵と付き合っていたと聞いた。想像するに、その男に捨てられ、やけになって父のようなうさんくさい男を家に招き入れたのか。当時祖父母はすでにおらず、叔父も家を出ており、広い家で一人暮らしだったから、つけ入られたのか。父はたしかに羽振りは良かった。小遣いもくれたし、真っ赤なバラの花束を、母のために持ってくることもあった。だが、それは父の気分に過ぎなかった。都合よく母の心と体をもてあそび、気に入らなければ暴力を振るう。そんなイメージが、早くからリカの中に埋め込まれた。

「死ねぇっ。死ねぇっ」

父が出ていった後、そう叫びながら、母は泣いていた。母が憎かった。酷い父なのに、母がそうさせたように錯覚をした。そんなひどいことを言うから、父が出て行ってしまうのだ。そう思った。

幼いリカは、勝手な想像をした。何日か何週間か何ヵ月後か何年先かわからないが、いつか二人は仲直りするだろう、と。いつか、大きな花束を抱えた父が、再び母を訪れる。

母は貴婦人のように着飾って父の手を取る。二人は、映画の主人公のように優雅に微笑み合い、そして黒く塗られた車に乗ってどこかへ行くのだ。

だが、成長していくにつれてリカは思いなおすのである。花の香りに酔っているのは自分だ、と。そして、それ以上考えたくなくて、頭を振るのだった。


府中駅で乗せた親子連れを、東八道路沿いの府中試験場の前に降ろした。息子の運転免許書き換えの手続きだと母親は言う。料金は母親が払っていた。息子は終始無言で、ずっとスマホをいじっていた。母親は六十代、息子は二十代半ばぐらいか。

「ママに付き添ってもらっちゃってさ」

客が行ってしまってから、思わず呟く。リカより五つか六つか年下だったにしても、十は違わないだろう。このくらいの年齢の若者なら、まだ自立せず母親に頼り切りという場合もあるのだろうか。よくわからない。リカの弟と同じような年齢でもあるが、弟は比較対象にならなかった。幼いころから躁鬱を繰り返し、学校に持て余され、特別支援学級も合わなかった弟は、最近また、鉄格子のある病院に入院したと、母から聞いていた。

師走が迫る十二月だった。街中はクリスマス前でどこも賑わっているが、郊外のこのあたりは静かなままだ。まだ午前中だった。東八通りをそのまま進み、調布に抜けるか、はたまた府中街道方面に戻るか。試験場の前で待っていれば乗る客もあるだろうが、タクシー乗り場には同じことを考えているらしい同業者たちが車列を作っていた。並ぶ気がせず、乗り場を通り越してのろのろと走り、やがて赤に変わった信号で待ちながら、どうしたものかと考える。すると、横断歩道の前に立っている、若い女に気づいた。少し古風なコートとスカートといういで立ちが清楚である。大学生ぐらいか。両手で花束を抱えている。歩行者用の信号は青なのに、渡りもしない。そうしているうちに、目が合った。助けを求めるような表情だった。女がすぐにでも車道に飛び出し、こちらに走ってきそうだったので、リカは止まっていていてという意味を込めて掌を女に見せた。

信号が再び変わった。リカは横断歩道をいったん通り過ぎてから、ハザードを点滅させて安全な場所に停車した。ミラーで確認すると、女が小走りでこちらに近づいてくる。ドアを明けると、思いつめたような声を女は出した。

「お願いします、あの……」

「行き先は乗ってからで大丈夫ですよ」

女が後部座席に滑り込むのを見届け、リカはドアを閉じる。客というより、保護者のような気持ちでこの若い女を見ている自分に、リカは気づいた。

「すいません」

おそらくタクシーに乗るのははじめてなのだろう、声が裏返っている。

「あの、何て説明したらよいのかわから……」

もたもたとリュックを下ろしながら彼女は言った。どこから出てきてどこへ行こうとしているのか。横断歩道のところに立っている姿からは大人に見えたが、この幼さすら醸し出す落ち着きのない態度から察するにまだ十代だ。

「すぐ近くに、タクシー乗り場あるんですよ。危ないので、次回から乗り場利用してくださいね」

「乗ってよかったとは知りませんでした。ああ、でも、女の人のタクシーに乗りたかったので……」

どうやら、試験場の前のタクシー乗り場だから、試験場に用事のある人しか乗れないと思ってしまったようだ。それに彼女は、女性運転手を希望していた。乗り場からでは選ぶことが叶わない。だから交差点で捜していたということらしい。

「さて、どこまで行きますか？」

メーターを『賃走』に切り替えながら聞いた。タクシー慣れしていない姿が初々しく、学生割引にでもしてやりたいところだと思った。もちろん、そんなサービスはないが。

「どこまでというか、ここら辺なんです」

「ここら辺？」

東八道路の真ん中である。左に府中試験場。右に多磨霊園。と、思ったところで、ふと気づいた。

「もしかして、多磨霊園の中でしょうか」

女は遠慮がちに頷く。霊園か、とリカは思った。お墓参りの季節など、多磨霊園駅から霊園まで客を乗せることがあるが、たしかに歩いて回るには広すぎる敷地である。タクシーで中まで入れるので、墓の前まで行ってほしいと頼まれることも多かった。ただ、墓の場所を客が憶えているのなら良いが、忘れてしまった場合はぐるぐると探し回ることになる。また、この霊園に眠っている有名人の墓を見に来る人々もたまにいて、その場合は、区画の番号を頼りにひたすら探す。番号すらわからない場合は管理所に尋ねる。要するに一苦労なのだ。

「お参りするお墓の場所はわかりますか？」

「はい」

緊張しているのか、口数は少ない。だが、場所がわかるのなら、園内に入ってから誘導してもらえばいい。リカは安堵した。東八道路をUターンする。やがて門が見えてきた。タクシーを霊園に乗り入れる。

「さて、どっちへ行ったらいいですか」

彼女が指さした方向、区画と区画との間の道にタクシーを徐行させる。お彼岸が終わったためだろう、墓地は静かだった。リカのタクシー以外に車両は走っていなかった。

「まだ、まっすぐでいい？」

「はい」

明るい陽射しが、格子状に伸びた路地を照らしていた。高い建物もなく、緑の多い多磨霊園は、そこが死者たちの眠る場所でなかったら、シートを引いてピクニックをしたり、木陰で眠りたくなるような、開放感のある場所だった。

「大学生？」

女の様子がさきほどよりずっと落ち着いてきたので、リカは訊いてみた。

「専門学校です。看護の」

なるほど、看護学生なら、十八、九か。幼く見えるのも頷ける。

「ここには、どなたのお墓があるの？」

祖父母か、親戚か。どうか近しい家族ではありませんように、とリカは願う。こんなに若くして身近な肉親を亡くしていたのだとしたら、とても辛いことだ。

「お墓というか……」

それ以上、女は言わない。個人的なことに首を突っ込むつもりのないリカは、話題を変えた。

「看護学校ってどんな感じですか？　やはり大変なんでしょうか」

「そうですね……。いま夜勤の実習明けなんです」

「夜勤かあ。なんかタクシーの仕事と似てますね。頑張ってください」

広い霊園だった。のろのろとタクシーを徐行させ続ける。ある一角に着いた時、女が、ここで結構です、と呟くように言った。

「少し、待っていてもらえますか。お参りしたら、戻りますから」

「わかりました」

タクシーをアイドリングにしたまま、女が角を曲がって行くのをぼんやり眺める。自分はあのぐらいの年頃に、何をしていたんだっけ、と思う。十八歳、家を出る。十九歳。男と同棲。だが、男の顔は思い出せない。あれほど、夢中になっていたのに。一人目の子を妊娠。流産。嘘、中絶したのだった。別れる。別の男と付き合う。別れる。付き合う。別れる。付き合う。別れる。中略。籍を入れる。別れる。付き合う。別れる。以降省略。思い出したくもない男が数名。本当に思い出せない男も数名。頭上の大きな木の、すっかり葉の落ちた枝の間から、柔らかな光が零れてくる。向こうの木は雪吊りをしている。穏やかな冬の風景の心地よさにうとうととしつつ、思った。振り返っても仕方がない。進むのは前だけだと。

寒さに身震いしながら、リカは目を覚ました。いつのまにか、自分でエンジンを止めていたらしい。咄嗟に会社のタブレットをタップする。十二時半。先ほどまで出ていた太陽はすっかり雲に覆われて、雨でも降りそうな気配だった。それにしても、あの若い女はどうしたのだろう。十分以上経っても戻ってこないので、墓掃除でもしているのだろうとのんきに考えていたのである。ドアを開けて、外に出ると、頭上の木が木枯らしにざわざわと枝を揺らした。不意に、恐ろしくなり、リカは車に再び乗り込んだ。エンジンをかけ、女が曲がった角を曲がる。人っ子一人、いなかった。その代り、無数の墓石が、もの言いたげにリカを見つめていた。

女は、間違えて他のタクシーに乗ったのだろうか。彼女は女性ドライバーに拘っていた。リカが眠っている間に、他の女性のタクシーが通りかかる確率は低いかもしれないが、ありえないわけではない。でなければ、何らかの理由でタクシーには戻らず、歩いて帰ったか。どちらにしても無銭乗車だが、その方がいい。リカは思った。無銭乗車でありますように。必死でそう願いながら、墓石たちの視線に追いかけられるように霊園を出たのである。

明け方、アパートに帰ると紗栄が起きていた。

「珍しく早起きじゃん」

「でしょ」

紗栄が朝食を作ってくれ、それを食べてから自室に入り、まもなく眠りについた。一方紗栄は、入れ替わりのように起き出す娘たちを着がえさせ、食べさせ、保育園に連れて行く。それから、シャワーを浴び、化粧をし、出勤する。タクシーをやめて風俗一本になった紗栄だった。その仕事には、どんなにか、辛いことがあるかもしれないと思うが、一言も愚痴を言わない。

だが、ある時、昼間から酔っぱらって帰って来て、こんなことを言っていた。

「ねえ、私、佑美のためもあるけど、でも本当は自分のために働いているんだ。自分が生きるために、働いているんだ。その生きることの中に子供や、家族や、夢や、いろんなことが入っている。だから、これでいいんだ。ちゃんと生きれていれば、全部大丈夫なんだ……って」

自分は、ちゃんと、生きられているだろうか。

第八章　北陸新幹線から都庁

リカのタクシーノート：都庁のホームページを見ると、「TOKYO2020」の文字が躍っている。鮮やかな色のスーツを纏った女性知事の笑顔もある。東京。東京。ここに生まれて育った私は、オリンピックがあろうとなかろうと、知事が誰であろうと、ひたすらタクシーを操り縦横無尽に広がる道路を走り抜けるだけだ。そうそう、都庁。九一年に完成したこの建物は西新宿に聳え立つ。屋上には展望台があり、素晴らしい眺めが無料で堪能できるため、観光名所でもある。隣には京王プラザホテル。斜め前には三角の住友ビル。中央公園、熊野神社も近い。

タクシーを始めて一年が過ぎた。リカは地理試験に合格し、世田谷営業所に移っていた。

だが、都心を中心に走っているとはいえ、営収は相変わらず不安定だ。

「ねぇねえ、三匹の鳥ちゃん。今日はどんな具合？」

ここのところ、営業しているとよく現れる、ライバル会社のエスポワール交通の女タクシードライバーがいる。ちなみにエスポワールはまだ出来て間もない会社で、ＵＢＥＲのシステムをいち早く取り入れたタクシー会社の一つである。車両はすべてぴかぴかの新車だった。一般的なタクシー業であるスリー・バードと異なり、エスポワールは主にエグゼクティブの送迎やインバウンドのハイヤー観光が主な収入源であるが、同じ町内に営業所があるため、互いにライバル視しているのである。

「三匹の鳥ちゃんってばさ」

信号待ちをしていると、そんな声が飛んできたので、窓を全開にした。

「は？　まさかあたしのこと？」

「そうに決まってんじゃん。三匹の鳥でしょ。スリー・バードだから」

「それを言うなら三羽の鳥でしょうが」

「ふんっ。どうせ大した営収取れてないんでしょ。こっちは大忙しだけどね」

エンジンを鳴らして、女は走り去った。

「何なんだっつうの」

リカは苦笑した。同業者と、休憩の時などに世間話をすることがあるが、あからさまな敵意を見せられたのははじめてだ。もっとも、あのエスポワールの女はどこか憎めない。それに、女の言っていることは正しかった。本当に営収が取れていないのである。このままでは、家賃どころか、保育園の父母会費も出せなくなる。

「嘘っ。体験入店来れるって？　この間まで断っていたのに、どういう風の吹き回し？」

「ちょっとお金が入りようでさ」

「短期でも長期でも、募集中だから。いつにする？　今日？　明日？」

このところ紗栄は昼キャバで働いている。デリヘルの仲間が、しばらく行方不明ののち、変わり果てた姿になって湖で見つかったという事件があり、それ以来である。

「あの子もシングルマザーだったの」

事件のあと、紗栄はがっくりと肩を落としていた。

「やっぱり、元旦那に借金背負わされててね。二年で返すって、子供抱えて頑張っていたんだけど……」

「子供はどうなったの？」

「児相に連れていかれたから、今頃養護施設だろうね。可愛い男の子。ママ、ママって、いつも甘えてたのに……」

紗栄の目から、涙が零れ落ちる。

「ねえ、どんな人だったの、その友達」

聞いてあげることしかできない、と思った。

「すんごいいい子だった。華って名前だった」

紗栄は鼻をすすり上げた。

華は中学二年の時に万引きで捕まった。一緒にやった仲間たちもみんな捕まった。罪悪感などない。楽しかったからだし、遊ぶ金が欲しかっただけだ。「不良少年少女窃盗団」だと、警察に言われた。不良なんだなあと、漠然と思った。親は迎えに来なかった。同じような罪を繰り返した。年齢が上がると、援助交際もした。何度も捕まった。鑑別所に入って目が覚めた。

華は十八になっていた。夜の仕事をはじめた。一から接客の仕方を学ばなければならず、大変だったが、辛いとは思わなかった。やがて一緒に頑張る仲間も出来、楽しく感じるようになっていった。同じ職場のウェイターとつきあいはじめるまでに、時間はかからなかった。ほどなく妊娠し、十九歳で最初の子を産んだ。女の子だった。男は一緒に住んでくれたが、稼ぎが少ないので、出産後も華はすぐに働きに出た。子供は二十四時間の保育所に預けた。いつも後ろめたかった。

子どもの父親とは喧嘩別れしてしまった。互いに若かった。それから何度か恋をし、そのたびに男のもとへ転がり込んだ。どの男とも、あまりうまくいかなかった。何人目かの同棲相手に娘が性的虐待に遭った。

アパートを飛び出し、寮付きの昼間の仕事を探した。だが生活は厳しく、たちまち困窮し、うまくいかない。やけになり、また別の男と付き合った。子供嫌いの男だった。しかも結婚していた。男の機嫌を取るために、一度だけ、娘を放置した。たまたま寮の隣の部屋に泥棒が入り、管理人が来た。深夜に一人でいた娘は警察に保護された。華がそのことを知ったのは旅行から戻った二日後で、すでに実の父親の両親が娘を引き取ったあとだった。

新たに出会った別の男は優しかった。娘に会えない寂しさから、華は男に夢中になった。だが、騙された。気づいたら、子供が出来ていて、男は居なくなっていた。生まれたばかりの息子と、数百万の借金だけが残された。仕方なく風俗に働きに出た。援助交際の経験があるからあまり抵抗はなかったし、むしろ本番をしなくて済む分楽だと思った。だが、目先の金に騙され、ハイエナのような男たちに付け入られるまで、そう時間はかからなかった。

「待機室で、見せてくれたんだ。子供の動画。可愛かったなあ。男の子、いいなあって思った。大きくなったら、ママのこと守るって、あんな小さいのに言うんだって、自慢してた。ねえ、リカ。あたしらに何かあったら、子供の人生に傷を負わせてしまうんだよ。だから」

それから紗栄はずっとしゃくりあげていた。

そんな紗栄は、この頃生き生きとしている。新しい店の名前が「微熟女の白昼夢」だと聞いてリカが笑ったので、紗栄はぷうっと頬を膨らます。

「三十を過ぎているのに若い子と張り合えるわけがないじゃん。かといってマダムとか、熟女というカテゴリには早い。そんな中途半端なあたしらに、微熟女って、ぴったりでしょうが」

「はいはい、そうだね。しかし、うまいネーミングを考えるな」

「偶然店の前を通りかかってさ。看板見て、これだ！　って思ったんだよね」

紗栄は毎日しごく楽しそうに出勤していく。そのうち、指名を取れるようになってくれば、収入は右肩上がりだ、出勤も自由だ、などと言ってしきりにリカを誘うようになった。最初は断っていたが、だんだんこちらもその気になった。

体験入店を翌日にひかえた日のことだった。リカは、東京駅の近くで一人の老女を拾った。大きなバッグを一つ抱えていた。

「東京都庁に行っていただけますか」

老女は言った。

日比谷通りを進み、少しして内堀通りに入る。窓の外の皇居を、老女は見ていた。

「どちらから来られたんですか？」

なんとなく気になって、聞いてみたのだった。

「金沢から来ました。北陸新幹線で」

「観光か何かですか？」

「いいえ、息子の家に世話になることになって」

「そうですか。いい息子さんですね」

「でも、本当は気が重いんです」

「そんなことないでしょう。息子さんなんだから。それで、都庁には、何か用事でも？」

「息子が、都庁の職員なんです」

少し自慢げな響きを感じ取ったので、リカはすかさず、へえーっという感心したような合の手を入れる。だが、女は意にも介さないように、話を続けた。

「息子からは、嫁を迎えに行かせるから東京駅に着いたら電話してほしいって言われてたんですが……着いたからって電話で呼びつけるのも、なんか、ね」

内堀通りから左折車線に入り、新宿通りに合流した。

「お嫁さんとは、仲がよろしいのですか？」

「それが、あまり気が合わないんです。私は田舎者なんで、おっとりしているというか、のんびり屋なんですが、嫁はもう、思ったことをずけずけと。しかも、人が傷つくようなことをわざと選んで言うんですよ」

どこかで聞いたことのあるような話だ、と思った。

「東京の人は、みんなそうなんですかねえ？」

この老婆の性格もたいがいなものだ、と思いながら、リカは答えた。

「どうでしょう。いろんな人がいますからねえ。それに、東京に住んでいる人の多くは、地方出身者、とも聞きますよね」

前方を走るタクシーが客を見つけて急停車した。それによって、こちらが運転するタクシーも急ブレーキを掛ける。

「申し訳ありません。大丈夫ですか」

「大丈夫です」

前方のタクシー客は、大きな旅行カバンを持っていて、運転手にトランクルームを開けてくれとジェスチャーしている。後続車が、クラクションを苛立たしく鳴らしている。トランクルームに旅行カバンを入れた乗客が、タクシーに乗り込むと発進した。

「流しで走っているタクシーって、客を見つけると急停車するでしょう。だから、ほんとはタクシーの後ろ、走らないほうがいいんです。急停車されてぶつかったら、こっちの責任になりますからね……どうしたんですか？」

一瞬、老婆が胸を押さえながら、苦しそうな顔をしているのを、バックミラーでリカは見とめた。

「いいえ、何でもないの」

車はトンネルに入っていた。しかも渋滞している。車を停めて老女の様子を確認しようにも、無理があった。しかし、老女は何事もなかったように、トンネルの中で渋滞なんて危ないわねえ、などと言ってくる。

「このトンネルを抜けると、すぐに信号があるんですよ。だからいつも、ここは渋滞するんです。はい、暗くて渋滞に気づかず、急ブレーキを掛ける車もあるから、たしかに危険な場所ですね」

ノロノロとトンネルを抜けると、急な坂を上る。右側は新宿駅前広場だった。

「あれが、都庁です」と、指をさしてリカは言った。正面に、都庁のビルの上半分だけが、見えている。

「あれが、そうなのね。初めて見たわ」

嬉しそうに老女は言う。それからしばらくの沈黙ののち、話し出した。

「私ね、あと、もって半年って、言われてるの」

「え？」

「余命半年ってこと。元気そうに見えるでしょ？　でも、ボロボロなのよ。身体じゅう、癌だらけ」

「そんな……」

だから、好きなことをするのだ、と老女は言った。そのために、抗癌剤も断った、と。

「それでね。何しようか考えたんだけど、思いつかなくて。いざ何かしようったって、お金がないと何もできないでしょ。ま、今さら世界一周でもないけど。で、思いついたのが、久しぶりに息子と暮らすこと。嫁は憎ったらしいけどね。息子と、あたしがこのお腹をいためて産んだあの子と、また一緒に暮らせるなら我慢できるわ、そのぐらい」

老女の表情は晴れやかだった。とても、不治の病を患っているようには見えない。だが、よく観察すると、手や腕は枯れ枝のように細く、目の下にはクマが出来ていた。

そうこうしているうちに、東京都庁前に到着した。どうもお世話になりました、と、あっけらかんとした調子で老婆は言った。全部言ってすっきりしたわ、とも付け加えた。リカはいったん運転席を降りると、車の後方から老婆のほうに回り、降りるのと鞄を車から出すのを手伝ってやった。

「あの、どうかお大事にしてください」

リカがそう声をかけ、老婆がありがとう、と会釈をしかけたその時だった。

「ああっ！　お義母さん、居たぁ！　もうっ。心配したんだからっ」

そう叫びながら、走ってくる女が居た。

その後ろから、スーツを来た、同い年くらいの青年も走ってくる。男は、首から職員証と思しきネームカードを吊り下げていた。息せき切りながら、男は言った。

「さっき金沢の八島先生から電話があった。診察のあと、会計もせずに帰ったって。会計はあとでもぜんぜんいいけど、とにかく心配だからって、わざわざ職場に電話してきた。それで……全部聞いたよ……」

息子らしい男が言葉を詰まらせると、その妻と思しき女が続けた。

「もう、お義母さん、急に東京に来るっていうから、びっくりして、連絡ずっと待ってたんだよ。でも、お医者さんの話からして、お義母さんはあたしに連絡しないでこっちに直接来るって思った。あたしは信用ないというか、嫌われてるから。それでもいいよ。いくらでも嫌っていいよ。でも、一緒に暮らそうよ。治療だってあきらめないで……」

妻は、涙を流していた。そっと、老女のほうを見た。あなたのおかげで元気が出た、と、老女は視線でそう言い、ほほ笑んだ。

「また一緒に働けると思ったのに」

電話で、出勤前の紗栄にやはり体験入店はしないと告げると、心底残念そうな声が返ってきた。

「ごめんね。やっぱり今の仕事に集中したいんだ。だから、いつかまた、紗栄がタクシーやりたくなった時に一緒に働こ」

どこか、晴れやかな気持ちになっている自分を、リカは感じていた。やっぱりタクシーが好きだ。心の底から、そう思っている自分が居るのだった。

麗奈を保育園に預け、戻ってくると、アパートの前に唐澤が居た。

「引っ越したんなら、教えてくれよ」

「何で、いちいち報告しなきゃいけないんですか？」

そう言いながらも、リカは唐澤を家に招き入れた。ドアを閉めると、ごく自然に、唐澤はリカの顔にかかる前髪に手をかける。

「ずっと前の続きを今やるのもナンだけど」

「いつの話ですか、それ。もういい加減カビが生えて……」

唇が塞がれた。
母が死んだという妹からの連絡を取った時、リカはまだ裸の胸の中にいた。

第九章　上野から吉原

リカのタクシーノート：江戸時代に作られた遊郭街、吉原。時代劇でしか見たことがないけれど、身売りされてきたたくさんの遊女たちが、ここで夜な夜な春をひさがされていたのである。街の広さは、かつてはおよそ東京ドーム二つ分もあったという。地理的には千束三丁目から四丁目のあたりに位置していたということで、上野からもすぐである。そして現在、この界隈はソープランド街として有名だ。働いている女性たちは、身売りではないにしろ、それぞれ事情があるに違いない。そこに男たちの欲望が集まる。お金と引き換えに、女性の肉体を手に入れる。どんなに社会が変化しても、この部分だけはいつの時代も変わらないのだろう。

「千束までお願いします」

上野駅近くで拾った男は、少し緊張を感じさせる声で言った。

バックミラーで男の顔を確認する。しゅっと通った鼻筋と、涼し気な目元の組み合わせには、どこか知性を感じさせる。高級ブランドではないが上品そうに見えるスーツを着こなしていた。

「千束のどこに行けばよろしいでしょうか」

こういう時は、できるだけビジネスライクな無表情の声で問いかけている。男は、三丁目まで、と、少し間を置いてから返事した。

千束三丁目は、昔ながらの男が欲望を満たす街「吉原」である。もっとも、タクシーをやりはじめてから、そういう客を運ぶことには自然と慣れた。むしろ、変に恥ずかしがるほうがいやらしいと思うので、余計なことは言わず、淡々と接するのである。だが、話は男のほうから切り出された。

「やっぱりそういうところに行くと思いますか」

どう答えてよいかわからず、リカは聞こえないふりをした。

「実はですね、僕の実家がそこにあるんです」

はいはい、そうですか。心の中で呟く。そんな嘘なんてついたってしょうがない。どうどうと行けばいいものを。そう思い、ふと、意地の悪い気持ちが働いた。

「じゃあ小学校は金曽木小学校ですか」

自らの運転経験や、独自に勉強した東京の街について、記憶を総動員しながらリカは問うた。

「いやあ、運転手さん、よく知ってますねえ。でも、金曽木小学校はどっちかというと入谷や根岸に近くて、学区外ですよ。私は千束小学校でした。ちなみに、中学は入谷の近く柏葉中学校ですね」

意外な速さで答が男から返ってきたことにリカは戸惑った。

「ごめんなさい、試すみたいなことを言って。てっきり、実家というのは、その、ああいう場所に行くための言い訳なのかと……」

「いいんですよ。そのああいう場所というのが、実家なんですから」

そうなんですか、と条件反射で答える。

「つまりソープランドです。両親が経営しています」

次の言葉が出てこなかった。

「子供の頃からそれが恥ずかしくてね。今は他の場所に住んでますけど、それでも恥ずかしいですよ」

へえ、そうなんだ、とリカは思った。いろいろな稼業があるものだ、と感心するが、とにかくここは謝っておくことにする。

「すいません、ほんとに。言いたくないこと言わせてしまって」

「いいんです」

この界隈では黒塗りの車をよく見かける。ソープランドの送迎車である。客がタクシーで店の前につけることはまずないのだから、余計な想像をした自分こそ、恥ずかしいと思った。

「運転手さんは、タクシーは何年ぐらいやってるんですか？」

「二年になりますね」

男が世間話をふってきたので、ほっとした。

「実は私の女房もタクシー運転手をしていたことがあるんですよ」

「そうなんだ、偶然ですね」

「実は、有名なソープ嬢だったんです」

一瞬、相槌を打つことが出来なかった。この話は、いったいどこへ行くのだろう。警戒しつつ、聞いた。

「じゃあ、ご実家で出会われたのでしょうか？」

「まあ、そうとも言えるし、違うとも言えます。話は長くなるんですけど……良かったらどこかに停まって、聞いてもらえますか？」

実家に行くので緊張している、とにかく、誰かと話したいのだ、と客は言った。

「いいですけど、メーターは、止められないんです。あと、あまり激しい内容はちょっと……」

「メーターは構いませんよ。回してってください。それにしても、運転手さん、想像力豊かですね。そっち系の話ではないからご安心を」

リカはコンビニの駐車場に車を入れた。道路上の安全の面もあるが、いざという時のための自分の安全もある。

「で、他人の私に、どんな身の上話をしてくださるんでしょうか」

「ははは。他人だからこそ、いいんです。こんなこと、少しでも関りのある人には、話せませんから。それと、女性のドライバーさんに親近感を感じたこともあります」

「奥様、ドライバーされてたんですってね」

「ええ、ソープランドを辞めた後、運転手になったんです。その時、偶然に再会しました。私は当時、塾の経営をはじめたばかりだったんですけど、運営がうまくいってなくて。再会して、純粋に嬉しかったんです」

「それで、お付き合いをするようになったんですね」

「まあそうなんですけど、もともと、彼女は私の初体験の相手でした」

初体験、というところで、リカはぐっと唾をのみ込んだ。

「えっと、何ていうか、そんな話までしていいんですか」

「やっぱり、露骨すぎますか」

「もちろん、聞くだけなら、一向にかまいません。むしろ、お客さんさえ良ければ話していただければと思います。単なる好奇心でもいいのでしたら」

メーター料金目当てに話を聞くことに同意したリカだったが、男の話に引き込まれはじめていた。もっと聞きたい、そう思った。

「何かを吐き出したいと思う時って、あると思うんです。今がそんな時かもしれないですね」

リカの言葉に、納得したように、男は頷く。

「女房の源氏名は漢字で恋歌と書いて、レンカと言いました。でも、腰に大きな蓮の花の刺青をしている。服を脱ぎ、肌が露わになった時にはじめて〈蓮花〉でもあると、わかるんです」

「恋歌も、蓮花も、美しい名前ですね」

「そうです。蓮は泥の中で育ち、大輪の花を咲かせます。自分も蓮のように在りたいと、いつも言っていました」

「売れっ子さんだったのでしょうか」

「はい、それはもう。もっともレンカは、最初は地味な印象だったためか、あまり客がつかなかった。それで、ある日たまたま相手をしたフリーの風俗ライターからアドバイスを受けて、刺青を入れたのだそうです」

「刺青で自信がついたのでしょうか」

「ソープの女性たちには、裸の肉体一つしかありません。化粧をし、指輪とか、アクセサリーでいくら飾っても、結局は肉体次第です。入れ墨は鎧のようなものなのかもしれませんね。鎧に守られて、肉体だけではなく、言葉やサービスにも磨きがかかったんでしょう」

「その、彼女はなぜ、ソープランドに……」

「実家がかなりの借金があったんですよ。それを返済するために稼ぐ必要があったからです」

やっぱりそうだ。あたりまえだ、とリカは思う。事情はどうあれ、好き好んで自分の肉体を不特定多数の男に投げ出す女などいるわけがない。必ず理由があるはずで、そのたいがいが、金なのだ。

「お客がつくようになり、少しお金ができたら、彼女は目と鼻を整形しました。これと言って特徴のない顔立ちが悩みだったし、それに、仕事している姿を知人に見られることをいちばん恐れていました。同じような理由で整形するソープ嬢は多いですよ。彫りの深い異国風の美人に変身した彼女はさらに売れっ子になっていきました。刺青のアドバイスをしたライターなど、もう虜でしたね。おかげで当時の有名な風俗雑誌の幾つかに彼女は取り上げられました。その甲斐もあって実家の借金は返済し、貯金もできたので引退したんです」

「それは良かったですね。実家の家族も喜んだことでしょう」

それが、と客の男は声を曇らせた。

「いまだに彼女は実家に出入り禁止なんです。やはり、ソープで働いていたということが尾を引いていてね」

「借金返済してもらったくせに、それは酷いですね。恩知らずだって、私なら言ってやります」

他人事とはいえ、リカは憤慨した。いったいどういう親なのだ。何年も肉体を酷使しなければならなかったのは、誰のためだと思っているのか。

「もちろん言いましたよ、彼女も。でも、母親にこう言われたんだそうです。恩知らずとはお前のことだ。産んで育ててやったのに、そんなモノに成り下がるなんて、汚らわしい。二度とこの家の敷居を跨ぐんじゃない」

一瞬、自分のことを言われているのかと思い、リカは身震いした。そんなことがあるわけがない。私はレンカという女性ではない。彼女の母親は、私の母親ではない。一生懸命、頭の中でそう繰り返す。

——そんなモノ？　モノって何？　人をモノ扱いするの？

——ああそうだよ。お前なんかモノで十分さ。金をくれる男に股を開く女なんて、モノ以外の何モノでもないんだから。

——そんな下品な言い方しか出来ないの？

——ああ、出来ないねえ。口きいてやってるだけでもありがたいと思いな。金持ちのおっさんをひっかけてナンボのその口とね。

嫉妬と束縛、そして暴言に、数ヵ月しか続かなかった過去の結婚のことを、母はいつまでも責め立てた。リカは若かった。お金と幸せの区別がつかないぐらい若かったことこそが間違いだったのに、母に許されることはなかった。その母も、もういない。

リカが幼い時、母はリカがわからないと思ってか、時々児童ポルノまがいのことをさせて稼いでいた。おそらく、一時的に収入がなく、父も他の女が出来たか何かで、足が遠のいていた時だろう。そもそも、父のような怪しい男の情婦になったり、毎晩浴びるほど酒を飲んだり、母はひとつも褒められた生活なんてしていなかった。なのに、それらすべてを棚に上げて、リカには厳しかった。自分が出来なかった、〝まっとうな人と、普通に恋愛をして結婚し、子供を産む〟ということをして欲しい。そう思っていたのだろう。だが、そのことごとくにリカは反発した。一回ぐらい、謝ればよかったと思う。だが、母はもういない。

「結局彼女は、東京に不動産を買って、そこの家賃収入で生活していたんですけど、何もしないのは嫌という貧乏性なのでタクシーの運転手をしたそうです」

客の言葉に、はっと我に返った。

「いまは川崎大師の近くで一緒に住んでます」

川崎にはたまに客を乗せていくが、都会的なのに適度に自然も残っているところが住みやすそうで、個人的に好きな街だと常々思っている。

「羽田空港にも近いし、湾岸沿いの夜景もきれいですよね。東京よりもいいって言っている人もいますよ」

そう言うと男は頷いた。

「再会したのも川崎でした。ちょうど妻との関係が冷えていた五年前です。開いた塾が大赤字で、妻とは諍ってばかりで」

妻との関係は冷え切っていた、などという言葉は、もう何千回も聞いたことがあると思い、リカはわからないように苦笑した。

「そんなことがあって、レンカとまた男と女の関係になったんです」

そんなこと、とは何なのだ。仕事が上手くいかないからと言ってそれを不倫の理由にしていいはずもない。奥さんも相手の女性もかわいそう、女を馬鹿にしやがって。少しずつ、リカはこの男に対して憤りを感じ始めていた。だが、話を聞くと言った手前、途中でやめるとも言えない。

「実はですねえ、運転手さん。私はこれでも中、高の教員免許を持っていまして、教育学で修士も取っているんです」

自慢しちゃってさ、と思いつつも、営業上、条件反射のように心にもない言葉が口から出てくる。

「へえーっ。すごいですね。だからお客さん、真面目な雰囲気を持っていらっしゃるんですね。ソープランドに行くタイプではないと、最初っから思っていましたよ」

「実家の家業には反発していましたからね、できるだけ堅い職業に就こうと思い、かなり努力をしました。でも……」

まあ確かに、大学院を出るなんて、ちょっとやそっとの勉強じゃ無理だろう。

「本当は、学校の教師になりたかったんです。でも、公立私立に関わらず、受けた学校すべて落ちました。実家がソープランドだから、面接で落とされるんだと思いました」

激しく同情する。履歴書に実家の稼業まで書く欄はないが、噂が伝わっている場合だってあるだろう。あるいは面接でそれとなく聞き出すのか。自分の努力でも抗えないことをあげつらわれて責められる理不尽さ。もちろん、学校側は別の理由をつけてくるだろうが、これを差別と言わずして何と言うのだ。

「そんなところ、ろくな学校じゃないですね。雇われなくて正解じゃないですか」

いつの間にか、男の味方をしている自分がいることに、リカは気づいた。

「私もそう思いましたよ。だから、とにもかくにもさっさと実家を出て、自分で塾を開いたんです。でもね、私の塾は、普通の塾じゃない。誰でも、どんな子でも受け入れる塾。だって、塾は居場所でもあるんです。学校からも家からも弾かれた子が、安心して勉強できる場所。実は私がそんな子供だったんです」

男は嬉しそうに塾のコンセプトを力説する。あまり儲からなそうな塾だ、と思いながらも、リカは耳を傾けた。同時に、子供の頃、そんな場所があればどんなに良かったか、と思った。

そうこうしているうちに、話は再びレンカという女性のことになっていった。

「で、初体験なんですけど」

「はあ」

「まだ学部生の時の話です。学校の帰りに友達と居酒屋に出かけたら、レンカと偶然会ったんです。当時彼女はまだ、ソープ嬢として入店して半年ぐらいでした。私とは挨拶を交わす程度の間柄だったんですけど、その居酒屋のカウンターで、目を赤く腫らして飲んでいたんです。田舎の両親との間に嫌なことがあったと、彼女は言いました。何となく放っておけなくて、友達と別れて彼女を慰めることにしたんです。やがて彼女が落ち着いたんで、二人きりでしばらく飲みました」

男が語りだした妻との馴れ初めは、次のような話だった。


レンカは私に言った。

「坊ちゃん、女、知らないんでしょ。あたし、なってあげよっか。初めての女に」

お礼のつもりならいいよ、と、私は断った。すると、悲しそうな顔をする。

「そっか、そうだよね。誰とでも寝る汚れた女なんて、嫌だよね」

私は困ってしまった。レンカのことを、汚れた女だなんて、一度も思ったことはない。

というより、生まれた時からソープランドの女性たちに囲まれていた自分にとって、彼女たちの存在は当たり前だったし、絶対だった。彼女たちによって大きくなったようなものでもあった。いまさら、誰とでも寝るだとか、そのようなことを考えるわけもない。

「心外だな。僕をそんな男だと思ってたの？」

すると彼女は、わざわざ隣に移動してきて、腕を絡ませ、上目遣いで言う。

「じゃ、証明してよ」

なぜだかやるせない思いがしたが、その夜、私はレンカを抱いた。彼女は自慢の蓮の花を私のために咲かせたが、期待していたようなめくるめくテクニックなどはなく、普通の女の印象だった。女性経験がなかったのでよくわからなかったが、いま思えば、普通の女のふりをすることが、彼女の精いっぱいの、私への気遣いだったのだ。その後、半年ほど関係が続いたが、結局のところ、別れてしまった。互いに嫌いになったわけではないが、店の女性に手を出すのはご法度という、この界隈では当たり前のルールを、ましてや組合長の息子が破ってしまった。いつ周囲にばれてしまい、手ひどい仕打ちを食らわされるかと思うと恐ろしかった。自分はまだいいが、レンカが追い出された時にこうむる損害を考えると、別れる以外の選択肢はない。レンカにはまだだいぶ借金が残っていたのである。

十年後、レンカが借金を返済しきってソープ嬢を引退したと風の噂に聞いた。嫌いで別れたわけではないから心がざわついたが、何も出来なかった。私はとうに結婚し、子供もいたからである。だが、ある日偶然川崎でタクシーに乗り込んだら、運転手がレンカだった。懐かしさに、思わず雄たけびを上げた。そのまま当たり前のように人気のない埠頭に行き、椅子を倒して行為に及んだのである。

十何年ぶりの、互いの肉体であった。当然、もう若くはない。だが、その分理解出来るものが増えていた。妻と話し合った。レンカのことも正直に話し、謝った。もう後ろめたいのは嫌だった。離婚は、妻と時間をかけてじっくり話し合って決めた結果だった。弁護士を通し、整理すべきものは整理し、納得した上で妻は子供を連れて出て行った。

「以来、レンカとは一緒に住んでいるのですが、籍を入れようと話しても同意しません、どうしても籍を入れたいと言ったら、私の父の許可をもらって欲しいと。それで困っているんです」

男は、はあっとため息をついた。

「なぜでしょうか」

妻を説得できたのだから、同じように父親も説得すれば良いではないか、と思ったが、もちろん口には出さない。

「言いましたよね。私の父親は吉原のソープランドの組合長ですよ。店にいた女と結婚なんて許すわけない。その無理を承知で彼女は言っているんです」

なるほど、とリカは思った。つまりその女性は男に難題を与えている。意識的にか無意識的にか、思い通りになんてさせない、と見栄を切る、力強い女の声が聞こえた気がした。

「でも私は、レンカと籍を入れないと、本当の男と女になれないと思っています。客とソープ嬢でも、店の息子と従業員でも、不倫のカップルでもなく、本当の、あたりまえの男と女に私はなりたい。なので父の許可を得たいのです」

「素敵な話じゃないですか。応援しますよ」

おみくじで運試しをしたいと言う男を大鳥神社の前で降ろし、再びタクシーは走り出した。二キロメートルほど走ったところで、五十代ぐらいの男が手を上げた。妙齢の美しい女性を連れている。妻がこの町で新しく店をはじめるのだ、と男は言った。

「若い頃、妻はこの界隈の売れっ子でね。僕はただの客でしたが、もう夢中で。いったいいくらお金をつかったことか。お金だけじゃなく、彼女について記事を書き、雑誌で紹介したのも僕でした。ええ、引退した後も、一日だって忘れたことはありません。おかげでこの年まで独身でしたよ。先日、思わぬところで再会したんです。それから、入籍まであっと言う間でした。彼女の蓮の花を、やっと僕だけのものに出来たんです」

蓮の花とは、肉体という意味だろうか。そういえば、さっきも蓮の花の刺青の話を聞いた気がするが、よくわからない。リカは適当に話を合わせ、愛想笑いをする。どうせ今日しか会わない客なのだ。

「ちょっと、昔の話ばかりしないでよ」

「いいじゃないか。嬉しいんだから」

男たちが後ろ髪を引かれる思いで振り返った場所だと伝わる柳の木のところで、二人を降ろした。しっかりと手を繋いで、かつてあったお堀の向こうに歩いて行った。

第十章　銀座、代官山、日暮里

リカのタクシーノート：渋谷区南西部に当たるこの町に代官山という名がついたのは昔代官屋敷があったからとか、代官所有の山があったとか、いろいろ説があるが、定かではないそうだ。とにかく、昭和初期までは夜にはフクロウの声がするほど寂しい所だったらしい。だが今は、有名どころのカフェにレストラン、ブティックが立ち並び、都内の住みたい場所アンケートの上位に必ずランクインするほどの「シャレオツ」な場所となっている。私は流行りものには疎いが、代官山は走っていても都心のわりに緑が多いので気持ちが良いと思う。それと、代官山の蔦屋書店には行ってみたい気がする。

ある土曜日の午前中だった。

バスタ新宿で乗せたのは、一人の男性客だった。今朝はツイていて、出勤してからほとんど客が途絶えることがなかった。とは言え、近間客を乗せては降ろすことの繰り返しだった。前の客を降ろしたのがこの長距離バスターミナル。観光客も多いので、それなりの距離を期待し張り切ってドアを開けた。よく日焼けし、バリカンで剃ったような短髪の、五十がらみの男がそこにいた。

「おはようございます!」

相手が誰であれ、自分がどんな気分であれ、乗ってきた客には必ず明るく挨拶するのは、リカのポリシーだった。

「銀座の有名な宝くじ売り場に行ってくれ」

銀座か。まあまあの距離だな、と思いながら、記憶の断片を引きずり出す。タクシーを始める前は、銀座など一切縁のない町だった。だが今は、営業で何度も行っている。宝くじ売り場の前も通ったことがある。

「有名なのは……西銀座のチャンスセンターですかね。そちらでよろしいでしょうか」

男が頷き、シートに身体を持たせかけるのが分かった。と、その時、強烈な酒の臭いが鼻をついた。いるんだよね、朝っぱらからこういう人。心の中でリカは舌打ちをした。

「シートベルト、締めていただけますか」

なるたけ優しく響くように、気を付けながら告げる。

「なんだ、めんどくせえな」

面倒くさいのはあんたのほうだよ、アル中が。そう思いつつも、笑顔で伝える。

「申し訳ありません。そういう決まりなんです」

すると、身を乗り出すようにして、男は言った。

「運転手さん、女かい」

好奇的な視線が肩に刺さり、襟の中がざわついた。

女で悪いの？　しかも今頃気づいたなんて失礼な。などという悪態は当然口に出さず「はい、女です」と爽やかに返す。男は「おんなタクシードライバー、か。へえぇ。さすが東京だなぁ」と感心したように言う。

のんびりした男の声の調子に、あれ、と思った。

「お客さん、東京の方じゃないんですね」

「俺が、都会人に見えるけ？」

「いいえ」

「きっぱり言うなぁ」男は、豪快に笑った。

青森から来た、と男は言った。

「青森にも女性の運転手はいるでしょう？」

「いるかもしれんが、俺は滅多にタクシー乗らねえから」

新宿通りを皇居方面に進む。男は、半分ほど開けた車窓の外に首を突き出さんばかりに、流れていく空気を眺めている。

「しっかし、すごい人だな。こったただ大勢人がいたら、空気が足りねぐで酸欠になりそうだ」

男の声がのんびりしているからか、東北のアクセントが耳に心地よく響く。すっかり、最初に感じた不快な思いは消え去っていることにリカは気づいた。久々にお客と話し込んでも良い気になったリカは訊ねた。

「観光……ですか？」

「いんや、観光じゃねえ。宝くじ、買いに来た。夜行バスで」

「わざわざ東京に？」

「銀座の宝くじ売り場、よぐ一等が当たるって青森でも有名だ」

ああ、とリカは思った。

「その店で買ったことはないですけど、よくテレビに映ってますよね。一等、当たるといいですね」

「んだ、あだってもらわねえと困るだ。俺は、三百万円分買うんだから」

そう男は言うと、突然、ジャケットのポケットから厚みのある封筒を三つ、無造作に抜き取り、リカに見せつけた。

信号が変わったのでまじまじと見るわけにはいかず、本当に、中身が全部金なのか疑わしかった。金だとしても、それを宝くじにすべて使うなど、呆れるのもいい所である。リカもたまに宝くじを買うが、使うのはせいぜい三千円だし、三百円以上当たったことなど一度もない。もっとも、だから何だと言うのだ。目先の金に踊らされて結婚に失敗し、懲りているリカは、この期に及んで他人の金には一切興味はない。それでもリカはミラー越しに、「スゴイですねえ」と少し大げさ気味な声を出してみる。

「俺の母ちゃんが先月死んでな、兄弟五人で三百万ずつ遺産分割したんだ。まあ、よく貯めてたもんだ」

「お母様がお亡くなりに……そうですか」

「いんや、もう九十近かったからな。大往生みてえなもんだ」

「でも、お寂しいでしょう。うちの母も、去年亡くなりましたので、よくわかります」

「ええー？　運転手さん、まんだ若いべ？　母ちゃんだって若かったんでねえか？」

「ええ、まあ。でも、ひどいアル中で、ずいぶん前からあっちこっち悪くしてて。それにしても、三百万の遺産、全部宝くじに使うなんて、スゴイですね」

「俺はずっと、屑みでえな人生を歩んできた。兄貴はみんなちゃんとした生活しとるのに、俺だけは自分でも呆れるような、はんかくさいことばかりやってきた。したばって、それもこれも、母ちゃんは笑って許してくれたんだ。末っ子だから、めごいめごい、でな。だから、母ちゃんがけれた三百万のじぇんこで、人生最後の馬鹿をしようと思う。あだってもあだらなくても、俺はこれで生きなおそうと思う。だから青森から高速バスで九時間かけて東京さ来た」

タクシーは、右折車線に入って内堀通りに合流した。

「なんだ、これ？　公園か？」男が指を指す。

「皇居です。都内でも有数のパワースポットって言われてます。まあ、これだけ緑がありますからね。マイナスイオンたっぷりですよ」

「パワースポットね。宝くじのために一発拝んどくかな」

男に頼まれ、路肩にハザードランプを点滅させ、タクシーを停車する。タクシーから降りた男が、お堀に囲まれた皇居に身体を向け、両手で風を自分のほうに送るようなしぐさをするのを、思わずくすりと笑みを漏らしながら見つめた。男は、そのあと、祈るように手を合わせた。

「ご利益あるかな」

「そうだと、いいですね」

リカはタクシーを発進させ、内堀通りから晴海通りに進む。日比谷駅辺りで、交通渋滞が起きていた。

「西銀座チャンスセンター、あと少しなんですけど、渋滞にはまっちゃいました。ここで降りますか？」

「いや、このまま乗ってる。宝くじ売り場に着く前に迷子になりそうだからな。それにしても、しったげ人と車の数だなぁ。よぐまあ、通行人とぶつからずに器用に歩けるもんだ都会人は」

タクシーはノロノロと進み、西銀座チャンスセンターの前まで進んだ。ハザードランプを点滅させ、路肩に路上駐車する。

「到着しました。料金は、二千八百十円です」

男は、五千円札を財布から抜き取ると、釣りはいらねえ、と言った。

「ありがとうございますっ」

男が乗ってきたときと同じ笑顔で、礼を言う。面倒くさいだの、アル中だのと、心の中で悪態をついたのを後悔しながら。十時を回ったばかりなのに、宝くじ売り場前には、長蛇の列ができているのが、運転席から見える。

「一等当てたら、今度ご飯をご馳走するよ」

降りながら男が言うので、リカは笑った。運転席の窓から顔を出す。

「スリーバード観光交通世田谷営業所の柿谷ですよ。楽しみに待ってますから、絶対一等当ててくださいい」

「ははは、こりゃまいった。しぇば、またな」

緊張しているのか、ナンバ歩きをしている男のこれからに、リカは小さく、ファイト、と声をかける。


夕方近い時間、リカは日暮里駅あたりを流していた。東口から少し走った住宅地の中で、こちらの回答を待たずに慌てて乗り込んできた子連れの女がいた。丸々とした男の赤ん坊が、抱っこ紐で痩せた身体にくくられている。片手に傘、片手に通勤鞄。背中には子供のリュックも背負っている。保育園の迎えの帰りだろうか。土曜日でも働く母親が、ここにもいる。お疲れさん、と心の中で声をかけた。

昼頃まではすっきりと晴れていたのに、雨がぽつりぽつりと振り出した途端に、あっという間に土砂降りになった。こんな日は大忙しだ。客を一人降ろしたと思ったら、次の交差点ですぐ呼ばれる。あちらこちらをドライブしているうちに、自分が今一体どこにいるのかわからなくなることもある。雨で濡れた道はいつも以上に滑りやすく、また見通しも悪い。帰宅時間になると、スマートフォンを見ながら歩いている歩行者がどっと増えるので、気が気ではない。先ほども、後ろからタクシーが来ているのに傘を差しながら歩きスマホでもしているのか、狭い道を塞いでいる輩に腹立ち、思いっきりクラクションを鳴らしてやりたい気持ちをやっと抑えたところだった。そんな風に営業していたら、いつの間にか日暮里に来ていたのである。

赤ん坊は、車に乗る前から機嫌が悪かったのか、席に着いたとたんに激しくぐずりだした。頭を縦横に振り、必死でもがいている。たしかに、抱っこ紐に収まるには体が少々大きくも見える。まもなく赤ん坊は泣き叫び始めた。

「多少汚れても構いませんよ。ゆっくりお仕度してくださいね」

「お仕度」という言葉をあえて使いながら声をかけてみた。

ちょうど昨夜、紗栄と電話で、保育園というところはなぜ、子供らに語りかける際、「お昼寝」「お布団」のみならず「お机」「おズボン」「お椅子」「お着換え」「お仕度」と、何にでも「お」をつけるのだろうという話になり、笑いあったところだった。

「椅子にまでおをつけるなんて、アホくさっ。椅子なんて、ケツの下に敷くもんだっつうのに」

「ははっ。そのうちパンツにまでお、つけたりして。なんとかちゃぁん、おパンツはいてぇって」

「ちょっとリカ、なんだかそれ、エロいよ」

「そういう紗栄もかなり下品だけどね」

そんなやりとりを思い出す。都内を営業できる世田谷営業所に移るのに合わせ、アパートを変わってからのほうが、紗栄とよく話すようになった、と思う。紗栄は、キャバクラ仲間に誘われてシェアハウスに移った。男性客相手のサービス業に従事するシングルマザーばかりが、集まっているところらしい。娘の佑美は、店と提携する託児所に預けている。周囲の理解がある分気楽だと言う。リカも、引っ越しと同時に麗奈の保育園を、二十四時間制の保育所に変えた。

「助かります」

女がそう答えたので、はっとした。

本音を言うと、子供の靴でシートが汚れるのはかなり迷惑だった。小さな子供が乗った後のシートや客席の足元はとても汚い。次に乗る客が不快に思わないようにできるだけ掃除するのだが、それが結構面倒なのだ。だが、雨の日は仕方がない。誰もが不機嫌になってしまう。まずは今乗車している客が快適に過ごせるように配慮することが第一だ。それにこんな雨の日は、客を降ろした後すぐにまた別の客が乗るだろうから、掃除する時間さえないだろう。

泣き叫ぶ子供をあやすのもそこそこに、女がスマートフォンを取り出した。メールか何かを確認するようなしぐさをした後、女が言った。

「あの、寄り道をしても良いでしょうか。実は、買い忘れたものがありまして……」

「いいですよ。どちらへ行きますか?」

赤ん坊が泣いていることを考えると、寄り道は避けるべきだと思ったが、求められてもいないのに意見するわけにはいかない。なるべく早く目的の場所へ連れて行くことが、今のリカに出来る最善の行動である。

「イチゴとマヨネーズを買いたいんで、スーパーへ」

イチゴの季節ではなかった。だが、リカははい、と頷き、駅周辺にいくつかあるスーパーの一つの前に、タクシーを付けた。女は赤ん坊を括り付けたまま傘もささずに車を降り、スーパーの中に消えていく。後部座席に荷物を置いているので、無賃乗車の恐れもないだろう。そんなことをする人にも見えない。

雨が強くなってきた。五分経ったが、レジが混んでもいるのか、女はまだ戻らない。赤ん坊が心配だった。リカの経験によると、あの泣き方はおむつが汚れていることによるものだ。そこに雨による湿気も加わり、なおかつ抱っこ紐で身動きが取れないのだから、赤ん坊にしたら堪らなく不快だろう。だが、そのことをリカが女に言うのははばかられた。泥汚れは我慢できても、糞尿系はアウトだ。車内でおむつを替えたいなどと言われたら、やっかいなことになる
「待たせてすいません、マヨネーズは買いましたが、イチゴがなくて」

そう言いながら再び乗り込んできた女は、ビニール袋を二つ下げている。どうやら他の買い物もしたらしい。赤ん坊はまだ泣いていた。

「今の季節ですと、なかなか置いていないですよね」

これでやっと帰路につくのかとほっとし、車を出そうとウィンカーを出しながら、後ろをミラーで確認すると、女が困った顔をしてメールを打っていた。

「やっぱり、イチゴ必要です。どこか、ないですかね」

切羽詰まったような声に、リカはウインカーをもとに戻し、後ろを振り返った。

「お家の人に頼まれて？」

「ええ、まあそんなところです」

そんな会話の間も、赤ん坊は泣き続けている。

「じゃあ、こうしましょう。近隣のスーパーを調べて、電話でイチゴがあるか聞いてみま

す。雨も降ってますし、ぐるぐる探すより、訊いたほうが早いですからね」

それでイチゴがなければ、あきらめるだろう。そう思った。自分のスマートフォンから、リカは二軒のスーパーを検索し、電話をかけた。案の定、イチゴは見つからなかった。

「どこにもないんですか？　どうしよう」

「お家の人、イチゴのケーキか何か、作ってる最中とかですかね？」

「……」

女はまたスマートフォンを取り出して、何やらメールを打っていた。赤ん坊はいよいよ激しく泣きだした。

「あの、もしかして、赤ちゃん、具合悪いんじゃ……」

おむつだよ、おむつが汚れてるんだよ、と言いたいところをぐっとこらえてそう言いながら、あっと思った。イチゴなどの生の果物を丸ごと使ったちょっと珍しい菓子を売る店が、すぐそこにあった。「インスタ映え」のために購入したが食べきれないからと、客におすそ分けをいただいたことを、思い出した。そこなら、イチゴの情報はきっとある。

「こんな子がいると、流行りものには縁がなくなりますけど、聞いたことありますね」

「じゃあ、とりあえず行ってみましょうか」

先ほどとは違い、女はすぐにタクシーに戻ってきた。しかも、イチゴの菓子が入っているらしい、店のロゴが入った紙袋を胸に抱えている。

「雨でもう閉めようとしてたんです。間に合って良かった。残ってるの全部買いました」

「そうですか。お家の人もここのお菓子なら、きっと喜んでくれますね」

「……というか、もうイチゴの情報とか、聞いている場合じゃなかったから」

店に入ると、赤ん坊の泣き方は激しさの頂点に達し、会話もままならなかったと、女は言った。たしかに、身体を上下左右に揺らし、まるで殺人鬼にでも襲われているような叫び声を出している。店の人もさぞや不審に思っただろう。これはいよいよ、あの言葉を言わなければならないかもしれないと、リカは思った。タオルを敷いたりすれば、車内でおむつ交換も何とか出来るだろう。泣きすぎて痙攣でも起こされるよりは、糞尿の匂いの方がまだましだ。と、考えていたその時だった。

「お菓子からイチゴを取り出して、買ったことにしようと思うんです」

「はい？」

「だから、イチゴだけ出すの。閉店準備しているお菓子屋さんに一から説明するのがかったるくて。バーッと全部買っちゃった。取り出して、ちょっと周りを洗い流して。十個以上あるから、一パック分にはなるでしょ」

食べ物を、何だと思ってるの。それに、あんたの子供、何で泣いてると思うの。そう言ってやりたかった。だが、後部座席を振り返り、まじまじと見つめた女の頬に、二筋の涙が流れているのをリカは見た。

「大丈夫ですか？」

「もう家までお願いしても良いでしょうか？　自宅は新三河島駅の方なんで、ぐるっと回っていただく事になるんですが」

「もちろん構いませんが……」

女が鼻をすすり上げるのが、泣き声にかき消されて音は聞こえなくとも、しぐさでわかった。涙を見てしまった以上、知らん顔することはできないと思った。

「良かったら、話、聞きますよ」

「……ありがとうございます。でも大丈夫です。この子がうるさいんで……」

何かが、リカの頭の中でプチッと切れた。

「ちょっと」

振り返ったまま、女の顔を見据える。目を大きく見開いたその表情に、女が息をのむのがわかった。一気に、吐き出した。

「あんた、なんでこの子が泣いてるのか、わかってんの？　おむつが汚れてるんだよ、おむつが！　ダンナだか誰だかしらないけど、イチゴだのマヨネーズだの、振り回されてるあんたのために、ウンチのおむつも替えてもらえないで、気持ち悪いのを我慢してるんだよ、この子は！　一生懸命泣いて、ママ気づいてよって、訴えてるのが、わかんないの？　あんたバカ？　いい加減にしろ！　轢き殺すぞ、コラ！」

　言い終わった後、車内はシーンと静かになっていた。赤ん坊がきょとんとしている。リカの勢いに、びっくりしたらしい。女も、口をあんぐりと開けている。リカは前に向き直った。言った。言ってしまった。客に対して暴言を吐いてしまった。この営業はパーかもしれない。女は、怒ってこのまま降りてしまうかもしれない。会社に訴えられるかもしれない。だが、どうしても言わずにはいられなかった。後悔はしないぞと、心に誓う。

「……めんなさい」

　後部座席から、女が呟く声がした。

「ごめんなさい、本当に」

　振り向くと、目に涙をいっぱいに浮かべた、女の顔があった。

「いえ、こちらこそ、大声出してすみません」

「いいんです。本当のことですから」

　どうやら、降りる様子はなさそうだった。

「じゃあ、ちょっと待っててください」

リカはタクシーを、住宅街の方に向けて走らせた。ナビで見当を付け、まもなく現れた公園の駐車場に滑り込んだ。

おむつを替えてもらった赤ん坊はまだ少し泣いていた。どうやら、空腹でもあるらしい。女は、バッグから思い出したように、おしゃぶりを出した。赤ん坊は無我夢中で吸い付き、まもなく眠ってしまった。

「ありがとうございました。おむつも、ブランケットも、タオルも。いつもこのように用意されているんですか？」

ひそひそ声で女は言った。おむつはたまたまだけど、とリカは思った。麗奈はとっくにおむつは取れている。ただ突然体調を崩したり、トイレに行けない緊急時のために、一枚バッグの中に入れていた。

「ほんとにすみませんでした。おむつを替えれば泣き止むってわかってたんですけど……その、持ってなかったので。スーパーに行った時に買えばよかったんですが、その時はその、忘れてて」

女はおむつに気づいていた。少なくともその部分ではまともな母親だったことに、心底ほっとした。

「いいんですよ。お子さんも、保育園がえりで疲れてるのもあったと思いますよ。……メーター、止めておきますので、どうぞお話しください」

数秒間の沈黙の後、意を決したように、女は語りだした——。


その日、夫は車を運転し、日暮里駅西口まで仕事帰りの妻を迎えに来た。そのまま駅から徒歩数分の保育園に横付けし、楽々と息子の「お迎え」を済ませる。いつもは女が仕事の後、疲れた足で駅から歩いて行っているので、特にこのような雨の日は、迎えにきてくれる夫の存在が本当にありがたい。だが、夫は無職になって、そろそろ二ヵ月であった。結婚してからこれまで、数ヵ月仕事に就いては辞め、ということを繰り返していたが、今回は一向に仕事を探そうとしないのが気になっていた。

「ねえ、求職中の状態が二ヵ月以上続くと、歩が保育園に居られなくなるかもしれないの」

パチンコで勝ったと、機嫌よさそうにしているのをチャンスだと思い、そう切り出した。

「ああ？　面接の結果待ちだとか、言っとけばいいだろ」

「うん、何か言われたらそうしとく。でも、もしあなたがほんとに面接の結果待ちだったら、嬉しいなって思って」

この後、一緒にスーパーに行く予定だった。夫の好物の豚の角煮を作る約束をしていたのだ。なのに、夫は急にアクセルをぐっと踏み込んで、車を急発進させた。夫が、何かに腹を立てた時のサインであるとわかっている女は、びくりと身体を硬直させる。息子がぐずりだしたのはこの時からだった。

「ちょっと、やめてよ」

「いちいち文句つけやがって。何様だよ」

キキーッと、嫌な音を立てて、車が止まる。慌てて女は右手で子供をしっかりと支え、左手でドアの手すりを掴んだ。シートベルトを締めているとは言え、急停止した瞬間は、上半身ががくんと前につんのめる。

「ふざけんなよ、てめえが悪いんだからな」

スピードを上げては、赤信号で急ブレーキを踏む。その走り方を夫は何度も繰り返した。やめてと言っているのにも関わらず、何度も、何度も。

子供が泣きだしても夫は嫌がらせをやめることはなく、あろうことか、信号待ちの時に頭を小突いた。

「ぎゃーぎゃー泣きやがって」

迎えに来てから、もう二十分は経っていた。本来なら、とっくに家に着いている頃である。だが、車は駅の周辺を走行していただけに過ぎない。目の前には、日暮里の駅がある。ただし、先ほどと違うのは、西口から東口に変わっていたことだ。

「あの、おむつも替えたいし、もう帰らない？」

恐る恐る聞いた。ははっ、と夫は笑った。

「まるで俺がわざといじめてるような言い方だなあ。被害者ぶっちゃって」

キキーッ。ひときわ大きい音を出しながら、車が止まる。通行人が何人か振り向いた。

助けてほしいと、目で訴える。だが、さっと顔を逸らし、何事もなかったように、行ってしまった。

「降りろ」

「え」

「降りたいんだろ、降りろよ」

夫は運転席から降り、助手席に回り、女を引きずり出しにかかる。逆らう気力も、失せていた。

「これも持っていけ。てめえらの汚ねえ荷物」

そう言って、後部座席から女の仕事用の鞄や、子供の保育園バッグを外に放り出す。降り始めた雨に、少しずつそれらが湿っていくのを、夫が遠くに走り去っていくまで、ぼんやりと見ていた。

何分、経っただろうか。屋根のあるところに入ったが、雨はすっかり女の肩を濡らしていた。スマートフォンアプリがメッセージの着信を伝えたので、女は画面をタップした。

「イチゴとマヨネーズ買ってきたら許してやるかも」

イチゴは、夫の大好物だった。そして、マヨネーズは、好物と言うよりは、夫にとっては煙草や酒と同じような、無くてはならないものだった。夫は何にでもマヨネーズをかけた。トーストにも。ピザにも。焼きそばにも。女の得意料理の豚の角煮にも。

再びアプリの着信音が鳴った。

「腹減ってるから超特急で」

頭の中で、買い物の時間と、徒歩で帰宅するとかかる時間を計算する。タクシーに乗った方が早いのは当然だった。咄嗟に、財布の中身を思い出す。スーパーで買い物をし、タクシー代を払っても十分間に合うと確信した女は、ちょうどそこに来たリカのタクシーに手を上げた。


話し終わったのにリカが黙ったままだからか、女は逆に気を使ったようで、どうぞ、と言いながらさっき買ったイチゴの菓子を一つ差し出した。

「いえいえ、せっかくお客様が苦労して買われたのに、そんな」

「一つくらい、いいでしょう」

「あ、はい、では、お言葉に甘えて。ありがとうございます。あとで休憩の時にいただきますね」

リカは菓子を受け取ると、助手席の上にそっと置いた。驚いたのは、それからだった。

「私は今、食べます。お腹空いたんで」

女は、袋の中に手を突っ込むと、菓子を三つ、掴みだした。そのうちの一つの包装をやぶくと、自分の口の中に一気に押し込んだ。イチゴの甘い香りが広がる。女はむしゃむしゃとそれを噛み砕き、ごくりと喉を鳴らして呑み込む。そして、もう一つの菓子の包装を破り、また口の中に放り込んだ。三つの菓子をすべて食べた女は、また袋の中に手を突っ込む。今度は、四つ掴みだした。一つ一つではなく、四つの菓子全部の包装を取り去り、次々と口の中に入れていく。喉に詰まると、ペットボトルの水で流し込み、また次の菓子を中に入れた。

「あの……」

「おいしいですよ。冷えてるうちに、運転手さんも食べたほうがいいですよ。食べないんだったら、私、食べちゃいますよ……」

スマートフォンアプリの着信音がした。女はバッグから電子音を立てているそれを取り出すと、電源を切った。

「小っちゃく切ったら、歩の離乳食に出来るかな。あ、でも糖分取り過ぎか」

ふっと、そんなことを言う。

「いいんじゃないですか？　歩ちゃんだって、おしり気持ち悪いのに、頑張ったんだから」

女が胃を壊さないか心配しはじめていたリカはそう言った。

「でも、やっぱり歩にはあ〜げない。だって、歩の食べ方、夫にそっくりなんです。むしゃむしゃと、何か貪欲な感じで」

六個食べたところで、女は満腹だと言い、残りを袋に戻した。リカは再び車を出した。

それから、特に、相談めいた会話はなかった。ただ、女が自分と夫とのあれこれを吐き出すのを、丁寧に頷いて聞いていただけだった。話を聞きながら、リカは女がスーパーで買ってきた食材はどうなるのだろう、とぼんやり思った。豚の角煮を作ると言っていたから、豚肉が入っているのだろう。だが、リカには、イチゴ菓子を数個残してほとんど全部食べてしまった女が、夕食を作るとは思えなかったし、ましてや角煮など、作るわけがないと思った。リカはただ想像した。女が、買ってきたマヨネーズと、食べ散らかしたイチゴ菓子の残骸を、夫の前にどんと置く所を。

「頼まれたもの、買ってきたよ。マヨネーズかければ、何でも一緒でしょ」

女が窓の外に視線を向けているのをリカはミラーで確認した。定まらない視線だった。

もしかしたら降りやまない雨の一粒一粒を眺めているのかもしれない。住宅地の細い道路を抜け、ようやく尾竹橋通りに出た。あとはこの道をただひたすら走るだけだ。尾竹橋通りに出ると、女が言った。

「新三河島駅を過ぎたら最初の信号のところで右折してください。その後しばらくしてから左折です」

「わかりました。また曲がるところで教えてください」

日暮里駅から新三河島駅までは、大人の足で十五分程度だろうか。ふと、晴れている日だったら、この女と出会わなかっただろう、と思った。夫に駅に置き去りにされても、女は、歩いて帰宅していただろう。モラハラ夫にあそこまで生活を管理されているなら、タクシーを使うことなど思いもよらないはずだった。イチゴとマヨネーズの命令が送られてきても、イチゴを探し回ったりしなかったかもしれない。そのまま帰り、口汚く怒られたのかもしれない、とリカは思った。それが、夫の望むことだからだ。

かつての結婚生活を、リカは思い出していた。麗奈の父親と出会う前のことだった。ある日、リカはマンションの部屋から逃げ出した。ほとんど、下着姿だった。

自宅への道筋が見えたところでホッとしたのか、女が再び口を開いたので、記憶は闇の向こうに再び隠れてしまった。

「いろいろ、申し訳ありませんでした。何だか私、ヘンなこといっぱいしてしまいました。言い訳じゃないけど、雨の日はなんだかどんよりしてくるんです。くすぶっていたいろんな毒みたいなものが、むくむくと湧き出てきて……」

リカは答えた。

「ドライバーしていても、時々、毒、吐きたくなることありますよ。自分が何で今この仕事しているのか、わからなくなるんです。特にドライバーの世界って男社会だから、いろいろある。私、わざわざこの業界で何をやっているんだろう、なんて思ったりもしますよ」

適当に相槌をうったつもりが、思いの他、自分の本音が出てしまったことにリカは気づいた。

「運転手さんはそういう時どうするんですか?」

「どうしますかね。気づいたらやり過ごしているという感じかもしれません。仕事の悩みは仕事して解決するんです」

「仕事の悩みは仕事で解決ですか。なんだか深いですね」

「全然深いとかじゃないです。稼がなければ、生きていけないですから。だから、仕事していると忘れます。そもそも嫌なことはあんまり考えないようにしてます。考えても無駄だから」

本当は、記憶の扉は勝手に閉じていて、思い出したくとも思い出せない部分もあるのだが、皆までこの女に言う必要はない。

「そうかぁ。私の悩みも、悩むだけ無駄なんでしょうか」

「無駄とは違うと思います。悩んだほうがいいこともある。私の場合は、悩んでもお客さんは待ってるわけだし、誰かが運転しないといけないから。悩むとか悩まないの前にまず仕事があるんです」

思わず、強い口調になってしまったのに途中で気づき、はっとする。自分のことなど、こんなに力説する必要ないではないか。案の定、女はしばらくの間、だまっていた。

「ごめんなさい。私、きっとどっかが足りないんですね。だからダメなんだって、よく言われる」

今にも泣きそうな声だった。

「思ったこと言っていいですか？」

リカは訊いた。さっき怒鳴ってしまったのだから、今さら取り繕ってもしかたがないのだ。

「はい」

女は頷く。

「はっきり言って、あんたダメ女だよ。あんたもわたしも、ダメダメ女。だから、戦ってるの。それでいいじゃん。そう思わない？　ごめんね。慰めたかったけど、出来ない」

女は、くすくす笑い出した。

「ダメダメ女……か。笑える。もうこれで、開き直るしかないですね」

女が元気になってきたようなので、少し安心した。

「でも一つだけ。お客さんのいいところは、優しいところだと思う。何というか、人を癒すような優しさを、お客さんと話していて感じたんです。私もすっきりした気分になったというか……あ、でも、怒鳴ってすっきりしただけかもしれないけど。ね、だから歩くんは、いい子に育ちますよ。歩くんは、いい子に育ちますよ。離乳食の時期が終わったら、いちごのお菓子ぜひ食べさせてあげてください」

少し、疲れた、とリカは思った。今日は接客のためとは言え、何人ものお客と話し込んだ。限られた時間の中で出来るだけ快適に過ごしてもらいたい、お客のことを多少でも知らないと、と思ってのことだった。もちろん、営業を、今後の仕事を円滑に進めるためである。

とはいえ。リカは思った。私は喋りたいのだ。なぜなら、一人きりで仕事をする孤独感や社会との断絶感に、苛まれることがある。ひとえに人恋しい、それだけの思いから客と話すことがある。だが、今日は違った。自分でも気づかないうちに、心を裸にしようとしていた。

「もうすぐで左に曲がってください。それからすぐを右です。レンガ色の二階建てのマンションです」

建物の前に停車すると、女は千円札を三枚出した。おつりを受け取ろうとしないので、大変に恐縮した気持ちになったが、これも商売だと思いなおした。

「なんだか、色々とお話聞いていただいてありがとうございました」

「とんでもないです。こちらこそ、言いたいこと言ってごめんなさいでした。お忘れ物ないように気を付けてください」

赤ん坊は、抱っこされたまま、まだ眠っていた。今のうちに、よく眠っておきなさいよ、とリカは心で声をかけた。あんたの母さん、今夜はきっとガツンとかますから、ちゃんと、見ておくためにね。

雨が止んだようだったので、つけっぱなしになっていたワイパーを、リカは止めた。


タクシーとは、見知らぬ他人同士が、一瞬だけ重なり合う空間である。二度とは会うことのない相手故に、客たちは心のうちをさらけ出す。時にはドライバーも、客に本音をぶつけることがある。そうして互いに胸の中を見せ合い、わずかでも心を通わせるうちに、相手の中に自分自身を見出すのだ。

深夜、また雨が降り出した。代官山に、リカは来ていた。しゃれたレストランやブックストアのイルミネーションが雨に反射して、写メでも撮りたい気分になる。もちろん、運転中はご法度であるが。

こういうのを、インスタ映えって言うんだな。思わず独りごちた。

「五千円で下丸子まで帰ってくれん？」

その女性は後部座席に乗り込むことなく、開いたドアから運転席を覗き込むようにそう尋ねてきた。

「……五千円ですか？」

リカは女性の身なりから彼女の人物像を推し量ろうと目を凝らした。年齢は二十代後半、いや、三十代前半くらいだろうか。胸元がレースになった華やかな紺のドレスに少し崩れかかってはいるもののきちんとセットされた髪をしている。土曜日の深夜二時。まず間違いなく結婚式の帰りだ。二次会、三次会、ひょっとしたら四次会まで行ってしまった口かもしれない。

「もう電車、ないんやろ？　困っとるんや」

関西弁のその女性はそう困っている様子もなく、飄飄と尋ねてくる。目が少しトロンとして声がかすれているところを見ると、相当飲んでいるのかなと思われるのだが、呂律はちゃんと回っていて、意識はしっかりしていそうだ。車内で吐く心配も恐らくないだろう。

瞬時に頭の中のメーターを回す。下丸子なら、六千円程度だろうか。今の時間ならさらにそれに深夜料金が割増でつく。それを五千円でと女は値切っている。

「ええやん。女同士やろ？　さっきおっちゃんのタクシーに断られてん」

女はさらに言葉を重ねるが、車に乗り込んでこようとはしない。イエスというまでは、決して乗るつもりはないのだろう。

「……いいですよ」

面倒なので、リカは女の交渉に乗ることにした。この場所ならこの時間でも、まだ他のお客を捕まえることもできるとも思ったが、無下に断り不快な捨て台詞でも吐かれて気分が台無しになりたくはない。

「ほんま？　わぁおおきに」

女はそう言って相好を崩すと、大きなボストンバッグをひょいっと奥に投げ入れ、結婚式で貰った引き出物が入っているらしい紙袋を抱えて乗車してきた。大きな鞄に関西弁。誰かの結婚式の為に関西から泊まりがけでこちらにやってきたとリカは推測する。しかし行き先が下丸子というのは、ホテルではなく友人の家かどこかに泊まる予定だろうか。

「えーと、ちょっと待って下さいね、住所……」

女はスマホを操作し、個人宅だと思われる住所を読み上げる。リカはやはり、と密かに思い、静かに車を発進させた。

「関西からですか?」

車内の空調を調整し直しながら、おきまりの世間話を始めてみる。

「そうそう。あ、関西言うても和歌山やけど」

リカからすれば同じ関西弁だとしかわからない。

「そうですか、こちらには結婚式か何かで?」

細かな雨が、フロントガラスを、霧を吹きつけるように濡らしていく。

「うん、大学の友達のな。なんやしらんけど、えらいインスタ映えするレストラン」

ここでも、インスタ映え、か。そんなことを思いながらミラーをチラ見すると、女はアップにした髪からいくつもピンを抜き取り、バサバサとヘアセットを崩し始めたところだった。

雨が、本降りになり出した。昼過ぎからずっと雨だった。こんな日に式を挙げた花嫁は運が悪いというべきか。

「今日の花嫁、今時、ブーケプルズ? あれしやった。あんなん流行らんのになあ」

女はイヤリングやネックレス、ブレスレットなど次々とアクセサリー類を外し、バッグから取り出した小さな巾着袋のようなものに入れていく。一日ガチガチに武装していたであろう女が徐々に無防備になっていく。

「ブーケプルズ……ですか？」

誰の結婚式にも出席したことのないリカは初めて聞く言葉だった。

「そう、ブーケトスじゃなくて、ブーケプルズ。独身の女たちを名指しで前に呼び出してな。ほんで、一人一本ずつリボンを持たせるん。そのリボンの先を束ねて花嫁が持っててん、一斉に女たちがリボンを引いて。ほんで、その内の一本に印が付いとるんやけど、それ引いた女がブーケを貰えると」

「へえ。そういう演出があるんですか」

興味はない。だが、そのブーケなんちゃらに、女には腹立たしいことがあるようだった。

「あんなん立派な晒しもんやで。私、アラサーにもなって独身ですよぉ、モテませんよぉ、なんならもうすぐアラフォーですよぉ、みたいな」

いよいよ本降りになり出した雨に打たれた窓に、女の横顔が映っていた。ガラスには街灯と車のライトが滲んでいる。

「ほいでよ、まんまと印付きのリボンなんて引いちゃったりして、コメントや何や求められて。お二人の幸せにあやかって私も幸せになりまぁす、なんてスピーチして。一体何が嬉しいん、あんなん」

女の苦々しい口ぶりから、どうやら今日、女自身の身にその出来事が起きたのだろう、と思った。なるほど。彼女はアラサー、もとい、もうすぐアラフォーの仲間入りで、独身で、どうやら彼氏もいない、あるいはいたとしても結婚の予定はないのだなと、ワイパーのスピードをあげながら、リカは考察を続けた。女は、ポーチから拭き取り式のメイク落としを取り出し、指に挟んで顔を拭いている。これから友人の家に泊まりに行くということだが、よっぽど気の置けない間柄なのだろう。

「あんなもんで幸せにあやかれるなら、何十本でも引いたるわ」

ため息というには少し大きい過ぎるような息が、女の口から吐かれた。

「……ですかねぇ」

肯定とも否定とも取れないような曖昧な返事を返しながら、バックミラーに映ったメイクを落とした女の顔が思ったよりも幼いのに気づいた。その表情は何かに腹を立てているようにも見えるし、何もかもに疲れ切ってしまっているようにも見える。

「ほんまなら、私だってあんなとこに立ってる予定やなかったんやで」

意識的になのか、それとも無意識になのか、女が右手で左手薬指に触れたのがわかった。

赤羽橋を、渡る。

「そうなんですね」

誰かに聞いて欲しいのだろう。客たちは時々、こうして普段人には話さないような話を、タクシーの中で吐き出していく。次の瞬間にはお互いに忘れてしまうような関係性がそうさせるのか、背中を向けた他人が黙って聞いているという車内のスタイルがそうさせるのか、はたまた暗闇の密室がそうさせるのか。

「去年の今頃結婚する予定やった」

女はほどいてバサバサになった髪に手を差し入れて、ボリボリと掻きはじめた。少し、落ち着きがない。あまり心地のいい内容の話ではないのだろうか。でも話したい。話さずにはいられないという思いが伝わってきた。あるいはそれは話さないと何かが溢れてしまう、という焦りかもしれない。

「彼ね、優しい人やったんやで。あ、元カレね、元!」

女は組んだ足に両手を重ねて話し出す。雨は勢いを増し、ワイパーがきゅうきゅうと苦しげな音を立てる。

「とっても優しい人。せやから、何もよう拒否できんかった。付き合い出した時にもね、彼女がおってん。遠距離恋愛のな。それでもええと思った。彼女に悪い、なんて考えんかったん」

この雨じゃ、ひょっとしたら注意報や警報が出ているのではないだろうか。女の話をぼんやり聞きながら、窓の外がまるで暗い暗い海の底のようだと思い、女を乗せたことを少しずつ後悔し始める。

「せやけどな、時間が経つにつれて、だんだん辛うなってきた。普段はええけどな。何が嫌やって、彼女が来る時が一番嫌やな。一人暮らしの彼の家に置いてある私のもの、部屋着とか、歯ブラシとか化粧水とかお箸とか、ぜえんぶ紙袋の中に隠されるん」

　引き出物の入った紙袋を、女は冷めたような鋭さを含んだ目で見やった。

「こんな、キラキラした紙袋やないで。ただの茶色い袋。その中にまるでゴミみたいにポイポイって入れられてな、洗面台の下に押し込まれるん。ほんで、私もなんかルールは守らな、って。彼女のいるオトコとそないな関係になっとる時点でルールもへったくれもないけどな。それでもその時はそう思て、彼女来るんやったら邪魔したらあかんなって、一緒にポイポイ紙袋に入れて、大人しゅう自分の家に帰るん。家は実家でおとんもおかんもおんねんけど、やっぱり寂しい。なんも考えんようにしたってもな、やっぱあかんくて、あぁ今あの部屋で一緒にご飯食べとるんやな、あのベッドで一緒に寝とるんやなって、泣けてくるんや」

　バックミラーに女の表情が写っていると判ったが、リカはあえて見ないようにした。見たくないと思ったのには理由があった。誰かに似ていると、思ったからだった。

「ほんでよ、こんな辛ぃのはよう我慢せん、もう止めようって決心するんやけど、次また彼に会うた時にはもうあかん。そないな決心なんてなんの意味もない。うっすーい和紙みたいにふやふやって溶けてもて、今この瞬間、二人が一緒ならそれでぃい、なんて、少女漫画みたいなこと思てまう。そんな日ぃが一年くらい続いたん。ほんで限界が来た」

そう言いながら、女がくすりと笑った気がした。だが、そっとミラーに目をやると、女は笑ってなどいなかった。

「ダムが決壊したみたいにわぁわぁ泣いて、彼に彼女か私かどっちかにしてくれって迫ってもた。そしたら彼、ちょっと考えてから、彼女とは別れるって。ほんですぐほんまに別れてくれてん」

女は今度こそ本当に笑った。カラカラと高らかに。

「拍子抜けしたで。ほんなら私のこの苦しんだ一年は何やったんやろって。ルールなんて、勝手に私が決めてただけやったんや」

ワイパーの音にウインカーの音が重なる。私は手のひらにハンドルが元の位置に戻って行く感触を感じながら相槌を打つ。

「そうですか。それは良かったですね」

「そうやね……。よかった」

女は噛みしめるように、何度か小さく頷く。

「それからは幸せやった。何をしてても。彼、あんまりお金ないさか、休みの時もお天気が良ければテイクアウトのランチ買って、港とか、気持ちのいい公園とか、紀三井寺とか、たまに和歌山城とか行くぐらいやけど、和歌山はただでさえ気候がぬくいのが、一緒に居るともっとぬくなって、ポカポカ幸せな気持ちになった。そやけど、いつも何かが引っかかってん。まるで真っ青な空に墨汁が一滴落ちてるみたいに。でもその事に気付いてしまったら、みるみるその墨が広がって行って、全部が覆われてしまいそうで、必死に見ないふりしとったん」

日差しに溢れる紀州の風景の話とは裏腹に、東京のタクシーのフロントガラスには、まるで池の中を進んでいるんじゃないかと錯覚しそうなほどの大雨が打ち付けていた。スピードを少し落とし、慎重に運転を続ける。

「結婚が決まった時も、プロポーズらなかったで。彼女と別れた次の年、彼が東京に転勤が決まってな。ほんなら私も行くわって言うて、トントン、って話が進んだん。私は仕事を辞めて、下丸子で一緒に住み始めて、彼が私の親に挨拶して、友達にも報告して。一緒に式場も見に行った。そしたら彼、明日式場の契約するっていう日に、帰って来やなんだ。

真っ暗な部屋の中で、電気も付けずにただジッと彼が帰ってくるのを待っとったん」

　静かな車内にワイパーの規則的な音が響く。私はただ黙って彼女が続きを話し出すのを待つ。車はもうすぐ目的地に着いてしまう。

「帰って来たのは、次の日の夕方。式場の予約時間なんてとっくに過ぎてた。電話して別の日にしてもらったと言うと、彼は一言、ごめんって。それだけで、もうわかってしもた。ほんで思ってん。あーやっぱりなって。こうなるって知ってたって。考えてみたら、彼は私の親と会うたのに、私は彼の親にまだ会うてない。彼の友だちにも、ほとんど紹介してらったことがなかってん。それでも一筋の希望を捨てられず、言ってみたん。ほな式場キャンセルするわって。そしたら何も言わず、ただ頷いた。イエスもノーも言わんと、ただ、頷いたん」

　女の掠れた声が震え始める。

「バチが当たったんかなぁ。人の幸せを壊したから。バチが当たったんかなぁ。こんな私が幸せになれるはずがなかったんや」

　女の声で、顔が涙でぐしゃぐしゃになっているのが、わかる。この人は、隠そうともせず、我慢しようともせず、声をあげて泣いている、とリカは思った。それで、いいのだ。深夜のタクシーとはそういう場所なのだ。外では気を張って、もうなんでもないってフリして、私がバカだったのよって笑い話にして、ガチガチに武装して戦う独身の女が、弱い自分を認めて辛かった、寂しかった、と泣ける場所が深夜のタクシーなのだ。

「その通り。幸せになんて、なれるわけない」

ひとしきり女が泣き終わるのを待って、リカは、ぼそっと呟いた。いくら相手が客だからって、どこかで聞いた誰かの受け売りのような慰めなんて、口にしたくはなかった。女が、え、と小さく呟きながら顔を上げるのがわかった。

「幸せは誰かに授けてもらうもんじゃない。自分で掴み取りに行くんだよ」

女の告げた住所はこの辺のはずだ。ゆっくりと車を停車する。

「そのための努力。絶対幸せになるという強い気持ち。流した涙の数。それに見合う相手なのかどうか、というより、そもそも、自分にとってほんとうの幸せって何なのか、決めるのも自分なんだよ」

女は、しゃくりあげるのをやめてこちらを見つめている。ワイパーの動きを弱めた。叩きつけるようだった雨は、小降りになっていた。

「それさえわかってれば、幸せは、必ず掴める。必ずね。すくなくとも私は、そう信じてる」

女は驚いたように目を見開いて、そしてふっ、と表情を緩めた。

「うちも、いつか掴めるかな」

はーっと、リカはため息をついた。

「あのねえ。もし掴めないって言われたらどうするの？　諦めて努力もしないの？　そもそも、お客さんにとって幸せって何？　まさか結婚とか言わないよね？」

女は黙った。きっと、当たり前に結婚だと信じていたか、考えたこともなかったかの、どちらかだ。

「そうかあ。まずはそこからなんやな、うちは」

上から目線で偉そうに演説ぶっているだけの、何の根拠もないリカのセリフに、女は感心したようなそぶりをしている。ちゃんちゃらおかしかった。というのも、リカは彼女にというより、自分に向けて、言っていたのだから。女はまた一点を見つめながら何かを考えている。しかしその表情は、先ほどとは違ってどこか優しい。

「あのマンションですね」

静かに車を停めた。だが、女は降りようとしない。やがて、言った。

「出してください」

どこへ向かおうと言うのか。

「元カレ、復縁する気なんてなくても、泊めてくれって言ったら断ったりせんのよ。ほんで、ズルズルと、ね。そんなん、優柔不断なだけやんね」

そう言うと彼女はくしゃっと表情を崩した。泣いているのか、笑っているのかわからない。そしてぱんぱん、と、両手で自分の両頬を包み込むように軽く叩いた。

「どちらに向かいますか?」

リカは再びエンジンをかける。

「どこでもいいです。どこか、一人でゆっくり眠れるところ」

女は、ぼさぼさだった髪をキュッと一つに束ね、そう言った。リカはゆっくりと車を発進させる。

蒲田のビジネスホテル前に、女を降ろした時には、雨は止んでいた。休憩を取っている間に、星が見え始めた。長い一日だった、と思った。たくさん喋り、たくさん話を聞いた。営業所に向かいながら、今日乗せた客たちが皆、この空に気づけばいい、と思った。

第十一章　晴海ふ頭から六本木交差点

リカのタクシーノート：晴海ふ頭は東京の海の玄関だ。国内外の客船が発着するターミナルとしても知られている。私は上ったことがないけれど、展望台からはレインボーブリッジや東京タワーが美しく見え、カップルたちの格好のデートスポットになっているようだ。また、埠頭と地続きの晴海ふ頭公園では東京オリンピック選手村の工事が進められている。オリンピックのことは、スポーツに詳しくないので、あまりイメージがわかない。だが、東京のそこここにじわじわと広がりつつある熱気は、何となく感じる。工事が完成したら、きっとまた異なる風景が開けるのだろう。ドライバーとして、目が離せない場所の一つでもある。

この頃、リカは営業のノウハウが身についてきたおかげか、毎日の一瞬一瞬に余裕が出てきたのを感じる。本当に、日々様々な客との遭遇がある。それがまた楽しい。嫌なこともあるが、結局は、人との出会いだった。故に、この仕事を辞められないと、思う。先日は、テレビにも出ているお笑い芸人がお客だった。毒舌で通っているテレビでのイメージとは違い、礼儀正しくてびっくりした。その次の客は、歌舞伎町のホストだった。女性客相手の営業トークで疲れているのか、やはりイメージとは裏腹に、横柄な態度だった。金払いが良かったのが唯一の救いである。

昨夜の客はまた異色だった。

銀座でお客を降ろしたあと、呼び出しのあった晴海埠頭へ向かったのだった。久しぶりの臨海部に、心が浮き立つ。晴海通りをまっすぐ走ると、だんだん景色が開けて空が広くなっていくのを感じる。朝の東京湾。客船ターミナルに、船がついていたが、ほとんどの客は降りてしまったあとのようだった。それにしても、きれいな船だ。クルーズ船だろう。どこを旅してきたのか。一度、乗ってみたいものだ。そう思い、しばらくリカは船を見つめていた

呼び出しをした金沢と言う男は、その船のほうから歩いてきた。二十代半ばか、後半かに見える。表参道にお願いします、と男は告げた。

「かしこまりました。あの、船乗りさん……ではないですよね」

リカの問いかけに、船乗りではないけど、近いっちゃ近いかな、という答えが返ってくる。若い割には気さくな感じに、リカは少し安心する。オールバックにし、首の後ろに小さくポニーテールを作った男は、自分はダンサーだと言った。

「乗務員として船の中のショーで踊ったり、長いクルーズの時はダンス講座で教えたりするんです」

男はさらに、自分はダンスも好きだが、それ以上に船の仕事はもっと面白いと思っている、あちこち行けるし、寄港中は船を降りて好きなことが出来る、などと言った。ふと、かつて紗栄も、それから、唐澤も言っていた言葉を思い出す。それは、タクシーの魅力に他ならなかった。

――あちこち行けるし……。

「タクシーもそうですね、いろいろ行けます。しかも自分の好きな場所に。だから、好きです」

声に力が入り、ふと、「好きです」のところがまるで愛の告白のように響いていたらどうしようと、赤面する思いになった。男の反応が特にないのも、よけいに恥ずかしくなった。沈黙が続くのが嫌で、リカはいくつかの質問を男に投げかけた。

「ダンサーの方って何人ぐらい乗ってるんですか？」

「その時によりますね。僕が属しているのは八人のグループだけど、二、三人で乗ることもある」

仲間たちは、ショーの時以外はそれぞれ別のことをしてすごすのだと、男は言った。

「全行程、同行するんですか？」

「まあ、だいたいそうです。今回はウラジオストクまで行きました。もうこのあと仕事はないので東京で降りた仲間もいますが、僕は最終目的地の神戸まで行きます」

高速に入る前に、バックミラーで男の様子を確認した。長いまつ毛で縁どられた涼し気な目で、窓の外を見つめている。一つのクルーズが終わり、また三日後乗船、それがずっと続くのなら、ほとんど船の上の生活となる。想像もできない、とリカは思った。

「柿谷さんて言うんですね。改めてよろしくお願いします」

ダッシュボードの乗務員証を見ながら、男が急に言ったので驚き、こちらこそよろしくお願いしますと言いながら、必死で次の話題を探す。

「ダンサーって、やはり運動神経良くないとなれないですよね。尊敬します」

ドギマギしながらそう言うと、金沢も言った。

「いや、柿谷さんだってタクシー運転してますよね。同じだと思います。それより女性でタクシーって、やはり男社会だから、大変じゃないですか？　そこであえてしのぎを削ってる方が、尊敬に値すると思うよ」

友達が店長をしている表参道のヘアサロンでカットをしてもらうのだ、と金沢は言い、店の場所を指示した。表参道の他、原宿にも支店を持つ名の知れた店だとも言った。

「でもね、カットモデルなんで、無料なんです。新人が切るんでちょっと怖いけど、まもに払ったら表参道でしょ、予算がね。そのあと、友人とご飯。午後一時にはもう船に戻りはじめます」

せっかく東京に来ているので、いつも時間を有効に使うためにいろいろ計画するのだ、と男は言った。ふと気になったことを、リカは訊いてみた。

「その、お友達の店長さんって女性ですか」

「まさか」

意外に思ったと同時に、少し安心している自分がいることにリカは気づいた。

「ダンサーさんは華やかですから、たくさん出会いがありそうですけれどね」

「出会いだけはね。その先がなかなか。運転手さんは？」

答えを言おうとしたら、目的地に着いてしまった。

その店は表参道のほか、原宿にも支店も持つ有名店ということだった。支払いのために財布を空けながら金沢は、帰りも来てもらっていいですか、と言った。

「この番号に連絡してください」と紙を渡し、降りて行った。

表参道から離れ過ぎないように気を付けながらリカは営業した。大した距離の客はいなかったが、金沢に指定された時間が近づいてくるので、むしろちょうど良かった。まるで秘密の逢瀬の待ち合わせのように、その時間が楽しみになっている自分が不思議だった。

店に着くと、昼を済ませた金沢がやってきた。遠くから近づいてくるすっきりとした短髪が、凛とした目元をよけいに輝かせていて、思わぬ照れくささに目を逸らした。

金沢は、「さっきの話の続きをしよう」と言った。後部座席から、ほんのりとアルコールの匂いが漂ってくる。久しぶりの友人との楽しい時間に、ワインでも飲んだのか。その香りはリカをもなぜか饒舌にさせる。

「出会い……ですか？　ないですよ。タクシーはもう、孤独な職業ですから」

本当は、出会いなどどこにでもあるのだと思う。その出会いを本物に変えられるかどうかは、自分次第だ、とリカは知っている。

「船の中の生活もそうですね。基本的に孤独。近づいてくるのはおばさんの集団か、よっぱらいばかり。友達にそんな愚痴を言っていたら、ランチなのに思わず飲んでしまったんです。酒くさかったらすみません。こう見えても船の中では一切飲まないんです」

車内に常備してあるミネラルウォーターを勧めると、男は喜んで口をつける。神戸に戻ったのち、三日後からまた出張、今度はシンガポールまでのクルーズだと、男は言った。

「シンガポールに行ったことがないけど、マーライオンは知ってます。あと、何という島でしたっけ、ほら、去年アメリカの大統領と北朝鮮の……」

「セントーサ島ですかね」

「そうそう、セントーサ」

自らの知識の乏しさが恥ずかしかった。この頃東京はシンガポールをはじめとしたアセアン諸国からの旅行客が増えている。外国のことも、しっかり勉強しておかねば、と改めて思う。

と、その時だった。

「お土産買ってきてあげるよ。マーライオングッズ」

クスクス笑いながら、男は言う。シンガポールから帰ってきた時、また迎えに来てほしいと、男は言った。スマートフォンのカレンダーをチェックしながら、日付と時間をリカに告げる。

「ちなみに乗船中って、携帯使えるんですか」

ふと、素朴な質問を投げかけてみたのである。

「Ｗｉ－Ｆｉはありますよ」

「じゃあ、よかったらメッセージでも」

いつもはラインなど客に教えたりしないのに、思わず口にしてしまったのだった。

船に到着し、金沢はおつりを受け取りながら「じゃあ柿谷さん、また二週間後ね」とまっすぐにリカの目を見つめた。

二週間後、リカは晴海ふ頭にタクシーを向かわせた。手帳に書き記した時間の通り、客船は着いていた。だが、金沢はいない。やっぱり、と思った。男が出港して、シンガポールに着いた頃には、日々のせわしなさに、記憶の中で存在すらおぼろげになっていた。日にちが近づき、手帳を見て思い出したのである。もし、貰った携帯の番号に連絡していたら、金沢は来ていたのだろうか。あるいは、「ライン」を送っていたら。いや、二週間という日々は、それらの文明の利器ではどうすることも出来ないぐらい、様々な時間が二人の間を隔てたのだ。

どこか路上で客を拾って帰ろうと思い、車を出そうとすると、もう一台のタクシーに若い男が乗り込もうとするところだった。あの人だ、と思った。同時に、笑いがこみ上げてきた。そのタクシーの車体には、都内大手タクシー会社のロゴが光っている。運転手は、若い女性のようだった。

「轢き殺すぞ、コラ！」

笑いながら叫んでから、都心部に向かってアクセルを踏み込んだ。

営業所に帰ると、梁社長に声をかけられた。営収が上がってきたからか、この頃は怒鳴られることも無くなった。

「柿谷、いま明けか」

社長が行ってしまってから、唐澤が近づいてきた。唐澤も、少し前から世田谷営業所勤務になっている。

「うん、先輩は？」

「俺も明け」

「社長と何話してたんだ？」

「ようやっとるな、だって」

「褒められたのか。良かったじゃん」

「社長って、怖いけど、ほんとはすんごい人情に溢れてるよね」

「へえ。わかってきたな、柿谷も」

じゃあ、と、唐澤は目配せをした。子宮の奥が、きゅっと鳴る気がする。目配せは、あとで家に行く、という合図だった。

唐澤とは交際をしているわけではない。交際をする暇などない。仕事と麗奈の世話。他は、母が死去したあとの、ゴミ屋敷の整理。正直、目が回りそうだった。

だが、唐澤に対しての愛情はないと言えば嘘になる。否、愛情は大いにあるのだった。故に、セックスはする。特に、こんな風に目配せを送られた明け番の日は、唐澤の腕の中で思い切り声を上げたくなる。

アパートに唐澤が一人で訪ねてきた日、リカはなんの躊躇もなく行為を受け入れた。まるで、何年も、何十年も前から、そうするのが当たり前だったように抱擁を返し、自然に、当たり前のように床に倒れ込んだ。唇と唇とが、やっと重なる、と思った。本当は、はじめて会った日に、こうなってもよかったのだ、と。甘い唾液を互いにたっぷりと味わった後、唐澤は上半身を起こし、リカの身体のパーツを確かめるように、一枚ずつ服を脱がせ、露になった場所に接吻する。暖かな舌先が皮膚をなぞり、くすぐったさに思わず笑い声が漏れたが、恥ずかしいとは思わなかった。リカの身体を覆っていた最後の一枚の布が外された時も、そうだった。リカのみだらな部分を、唐澤に見てほしかった。視線と、指と、唇と、舌と、それから彼の一番熱い部分で、満たしてほしかった。そうすることで、新しく生まれ変われる。だから、みだらなものをもっとみだらにし、汚れたものをもっと汚してほしい。もっと、もっと、もっと。行為の最中、リカは叫んだ。そこにいるのは、ただの男と女だった。それでよかった。過去も現在も未来もすべて忘れて、ただ互いを求めあう男と女であることが、リカには必要なのだった。

二週間前のことだった。リカは気づいたのである。その日は、妙に勘が働き、客を切らすことがなかった。長距離の客もいて、営収もかなり上がっていた。休憩の時、何気なく、コンビニでレモンのグミを買った。食べ始めたら止まらなかった。あっという間に一袋開けてしまった。麗奈を妊娠した時のことを、思い返す。やはり、レモンのグミだった。

「まさかとは思うけど」

営業所で唐澤に会ったので、知らせておいたほうがいいと思った。それだけだった。なのに、まったく予期していなかったことが起った。

「じゃ、結婚しよ」

驚き、何も答えることが出来なかった。

いったい、どうしたものだろう。その夜、リカは考えていた。果たして、妊娠はしていた。唐澤にプロポーズされてから、帰宅するまでの間に、早速立ち寄った二十四時間のドラッグストアで、妊娠判定薬を買ったのである。水色のラインが二本、くっきりと出ているそのスティックを、リカは穴が開くほど見つめた。

妊娠したからには、今後タクシー業務への影響があるだろう。深夜勤務が胎児に良いわけがないことぐらい、リカにだってわかる。多少給料が下がっても、昼間のみの勤務に変えてもらおうか。いや、麗奈の時のことを考えると、妊娠中は昼間でも眠気がつきものである。勤務中に眠くなったら、目も当てられない。タクシーという仕事そのものを、どうにかしないと、命にさえ係わるかもしれない——。

次の業務の時、リカはなるべく平静を装ったが、唐澤の浮かれようはなかった。下手すると、社長にも漏らしてしまいそうな勢いで、入籍のことなどを話しかけてくる。こういう時、誰に相談したらいいのか、わからなかった。麗奈の父親には妻がいたから、そもそも結婚は不可能だった。産んだのは勢いもあったが、ひとえに、お腹の中に宿った命を、今度こそ大切に育みたかったからだ。だが、唐澤との子は違う。きちんと父親もいる。結婚も出来る。何の問題もない。問題は、天職とも思えるこの仕事を、妊娠中に休むのは仕方がないにしても、産んだ後、二人の幼い子供を抱えて、再開することが出来るのだろうかということだった。それでも、誰かに言いたかった。

私はこの子に会いたい。何を犠牲にしても、この子に会いたい。声を大にして言いたかった。いや、実際に言った。客を降ろした後、誰もいない車内で、大声で叫んだ。会いたい。会いたいのだ。

そんなある日のことだった。

六本木交差点を流していた時だった。麻布警察署の前に停まっていたパトカーから降りてきた男がいた。男は、一瞬こっちを見て、ニヤリと笑った。驚きと、恐怖が、リカの身体を貫いていく。父だ、と思った。紛れもない、父の顔だった。ゆっくりと、そのニヤリ顔が、窓の向こうに流れて行った。

第十二章　ビンボーブリッジから熊野

リカのタクシーノート：ビンボーブリッジは芝浦とお台場を結ぶレインボーブリッジの下層を走る一般道だ。当然、正式名称ではないんだろうけど、タクシー仲間の間では、ビンボーブリッジという名前しか、聞いたことがない。レインボーブリッジより、展望はやや劣るけれども、東京湾やお台場の景色は充分堪能できるレベルだ。ところで、レインボーブリッジプロムナードと呼ばれる遊歩道がある。実際はビンボーブリッジの両側に設置されているが、レインボーブリッジをうたっているので笑ってしまう。徒歩で渡れるのはレインボーブリッジではなくビンボーブリッジというわけだ。人生の歩みは、山あり谷ありである。金を使って高速を飛ばすのは、ズルをしているようで、面白味がない。ビンボーブリッジだからこそ、一歩一歩、人生のあわいが味わえるんだと私は思う。

さらに三年の月日が過ぎた。リカは東京を離れ、海沿いの町に流れ着き、以来そこで暮らしていた。流れ着いた、それ以外に形容のしようがない出来事だった。

三年前に時間を巻き戻す。その日、青山で信号待ちをしていると、いつかのエスポワール交通の女がすっと隣のレーンに来て、プップップッとクラクションを三回鳴らした。

「何なんですか？」

「ねえ、競争しない？　鳥ちゃん」

「鳥って……。リカって名前があるんですけど」

「可愛い名前じゃん。あたしは清乃」

「……」

「いま、おばさんくさいって、思ったでしょ？　ねえ、思ったでしょ？」

ふっとリカが笑うと、清乃というその女も笑いだした。競走、しても良いと思った。少し、すかっとしたい。妊娠初期だった。四週目だと、産婦人科に言われたところだった。エコーでも確認できず、尿検査のみでの診断だった。つわりはおろか、まだ肉体的な感覚の変化は一切ないが、内部では確実にいのちが成長している。すなわち、今後いつまでタクシーに乗れるかわからない。冒険なら今やっておくべきだし、馬鹿をやるならこれが最後とも思った。

「じゃ、行き先はビンボーブリッジの駐車場ね」

「ビンボーブリッジ？　え、ちょっと待って」

リカの返事も効かず、清乃は発進したので、慌ててエスポワール交通の車両を追いかけながら、ビンボーブリッジの駐車場とはどこなのか考えた。

「やっぱり……」

そこは、厳密に言えば駐車場ではない。ビンボーブリッジ、すなわちお台場へ続くレインボーブリッジの下を走っている一般道に乗る前の、路地を幾つか入ったところにある空き地である。いつか唐澤とはじめて会った日、休憩を取った場所でもある。リカはそれ以来利用する機会がなかったが、この場所はタクシー運転手たちの格好の休憩場所となっていると、唐澤が言っていたのを思い出す。

「来た来た、遅ぅい」

清乃はすでに車外に出て、立ったまま煙草を吸っていた。リカは法定速度に気を付けつつもかなりのスピードを出してここまで来たが、それ以上に飛ばして来たと言うことだろう。エスポワール交通の車両の性能が良いのか、この女がスピード狂なのかは、さておきであるが。

「で、営収どうなのよ。稼げてんの？」

二台並べてタクシーを停め、互いに自分の車両に寄りかかりながら、負けたリカのおごりで買った缶コーヒーを啜った。

「ねえ、リカぴーってば」

「ぴー……」

もう、苦笑するしかない。

「うちはさー、参入したばっかの頃はＵＢＥＲなんて誰も使わなかったけど、今はライバル増えて苦労してる」

最近はタクシー業界も生き残りをかけて、変動定価料金などの新しいシステムを導入したり、バリアフリーやラグジュアリー化など、車両に工夫をしたり、増え続ける観光客のためにバイリンガル運転手の配置、介護や保育サービスとの提携など、様々な努力をしている。エスポワール社のＵＢＥＲも最初はＩＴ化の波に乗って調子が良かったのだが、アプリでの配車が当たり前になった今、客もネットでタクシーを呼ぶことに慣れてきた。何でもスマホで済ます時代、ＵＢＥＲより便利なツールがあれば、そちらを使うということなのだろう。

「営収？　いい時もあるし悪い時もある。まあ、食べるぐらいは稼げてますよ」

無難にリカは答えた。

「そ、だったらいいね」

煙草をもう一本清乃が取り出したので、リカは煙を吸わないように距離を取った。清乃もリカが煙草を避けようとしていることに気づいたようで、後ろ向きになった。そして、後ろ向きのまま、肩越しに言った。

「ねえ、唐澤って男と、付き合ってるの？」

一瞬、ドキッとした。慌てて答えた。

「付き合ってないですよ。何で？」

「嘘。付き合ってるでしょ。何年か前、ここで休憩してたよね、あたしいたんだ」

「ああ、いや、あの時はまだ、ぜんぜんつきあってなか……」

煙草を足でもみ消し、清乃が近づいてきた。

「照れるなって。キスしてたくせに」

「してないですってば」

ふーん、と清乃は声を出す。

「まあいいよ。見境ない男だなと、思ってさ」

「なんで？」

「うちの会社の子と、ホテル入ってくとこ見た」

「え」

瞬間、何かが止まった。

「それから、あたしにも誘いかけてきた」

自分は今、どこにいるのだろう。リカは思った。ここはどこだろう、とも思った。足が地についていない気がする。ここは、雲の上なのだろうか。あらゆる思考が、頭の中で回っている。自分は、誰なのだろうか。いや、雲の下のビンボーブリッジの駐車場の、二台のタクシーの間で話している女タクシードライバーたちは、誰なのだろうか。

夕方の海風が髪の間を通っていき、時がまた流れはじめた。しょうがない男だね、とリカは呟いた。

「ほんとは付き合ってた。でももう別れたから」

「なんだ、別れたんなら、良かったじゃん」

今自分は小さな嘘をついたが、それはすぐ、嘘ではなくなる、と思った。

駐車場を後にし、営業所のほうに戻るためにのろのろと車を走らせ始めた時だった。街道沿いで、一人の若い男が手を上げた。

「今から熊野、行けますか？」

「はい？」

「三重県熊野市。紀伊半島」

一瞬ドキリとした。だが、男は気づいていないだろう。

「えぇっと、熊野と言いますと、かなり遠いですが、電車とか、新幹線では？」

「明日の朝、日の出までに着きたい」

「飛行機は？　関空までとか……？」

「満席」

「お金かかりますが」

「問題ない」

リカは営業所に連絡を取った。運賃と、往復の高速代やガソリン代含むすべての経費相当分の金を先に預かれと言われたと伝えると、男は後ろを向き、リアガラスに向かって何やらサインを送っている。

「連れがいるから」

現れたのは、腹の大きい女だった。女は、幼い女児の手を引いていた。その姿に娘の麗奈を重ねたが、奇妙なのは、女が男よりだいぶ年上に見えることだった。推測するに三十半ば、いや、四十か。この女と、相手の若い男が一糸まとわぬ姿で絡み合っているところを想像する。女は、下手すると息子のような男の肉体を夜な夜な受け入れ、押し殺した声を出したのだろうか。その行きついた先が傍らの女児と腹の中の子であり、これから行こうとしている場所なのだろう。それなら、自分はどこへ行こうとしているのだろう。自分も、押し殺した声を出して、子らを宿したのだ。女は俗にママバッグと呼ばれている哺乳瓶が収納できる保温ポケットや、おむつの替えなどを入れて置ける場所など、たくさんのポケットのついたバッグから財布を取り出し、そこから十万円を数えてリカに渡した。

運転している間、どうやら訳ありらしい三人は後部座席で熟睡していることがほとんどだった。妊婦である客の女と、自分の体調を気遣い、スピードは出さなかったし、休憩も多めにとった。それでも約束通り、日の出前に目的地に到着したのは、高速道路が熊野市までつながったからだろう。

海沿いの国道を離れ、白い巨岩をご神体として崇めている神社の横の道を、山のほうに向かった。山の中腹に、男か女、どちらかの実家らしい平屋があった。差額を清算すると、女は礼を言った。車から降りると、さらに丁寧にお辞儀をした。

「すずよ、すずよかん？」

家の中からしわがれた声がする。

「おかあちゃん」

すずよ、と呼ばれた女は、大きな腹を庇うように、狭い戸口に身を滑り込ませた。

「よう帰ってきた。よう帰ってきたよ」

別の声が、家の中から聞こえてきた。開けっ放しの引き戸のたたきのところには、靴やサンダルが五、六足はあっただろうか。どうやら、親族が集まっているようだった。

「中に、入らないんですか？」

眠ったままの娘を抱いて家の前に突っ立っている若い男に、リカは訊いた。

「いえ、いいんです。あとで妻が呼びに来ると思うんで」

男は、遠慮しているらしかった。だが、子供を抱っこしている腕が辛そうだ。

「もう死語だって言われちゃうかもしれないけど、駆け落ちって、あるじゃないですか」

いきなり、男は話し出した。

「僕たち、それなんです」

十年前だった、と男は言った。男はまだ二十歳前だった。何の仕事も長続きせず、脱サラして田舎暮らしをする両親と一緒に、東京から移住してきたばかりだった。最初は親を手伝って畑仕事に精を出していたが、すぐに飽きてしまった。まもなく一回り年上の高校教師のすずよと知り合い、関係を持つようになった。だが、すずよは同じ高校に勤める教師との結婚を翌月に控えていた。出会うのが遅すぎた、と嘆いた。そんなある日、ふっと思いついた。

「駆け落ちすればいい」

そうして二人は熊野から消えた。あちこちを転々としている間に子供が出来た。一方、責任を感じた男の両親は田舎生活を引き上げざるをえなくなった。女の両親も、女の婚約者と家族に頭を下げた。迷惑をかけ、顔向けが出来ないので、東京に戻った両親のもとを男は一度も訪れていない。それどころか、仕事も住むところも不安定な生活を十年も続けていた。すずよも熊野には一度も帰っていなかったが、年に一、二度ぐらいは、両親に電話を入れていたようだ。これ以上心配をかけまいとの、せめてもの気遣いだった。その数少ない電話が、たまたま昨日だった。その時、すずよの父親が倒れた、病院を嫌って自宅で治療をしていたが、明日までもたない、と言われたのである。

「つらいね。つらすぎる」

リカは言った。本当に、辛い話であった。だが、こうも思っていた。この夫婦は、もう少し、別のやり方が出来たのではないかと。男は最初から、堂々と付き合えばよかったのだ。すずよという女だって、正直に話して、婚約破棄すればよかったのだ。最初は大騒ぎになるかもしれないが、それが正当というものである。そうすれば、少なくとも、あちこちを転々としたり、妻子に不安な生活を強いなくてもすんだのではないか?

「もう、逃げちゃだめですよ」

低い声で、リカは言った。

「逃げないですよ。こうして、熊野に来てるんだし」

男はどこか、言い訳がましい。

「逃げてるよ」

だんだん、腹が立ってきた。だから言った。

「じゃあ、何で、中に入らないんだよ。堂々と、自分はすずよさんの夫だって何で言わないんだよ。あんた、父親だろ？　この子と、おなかの赤ちゃんの」

女の子を起こさないように、声は荒げなかった。だが、強い口調だった。男は、はっとしたような表情し、それから、頷いた。リカが目線で合図をすると、小さく会釈をし、娘を鴨居にぶつけないように気をつけながら、玄関の中に吸い込まれていった。

海の方の空が、明るくなり始めていた。これからどんなドラマが繰り広げられるのだろうと思うが、見物するわけにはいかないので、さっさとその場を後にした。高速のパーキングから電話で頼んでおいた鬼ヶ城のすぐ近くの宿にリカは投宿した。部屋からは海が見えた。ピンク色に染まった朝の海だった。吸い込まれそうだ、と、思った。だがこの海だ、とも思った。

そんなことがあってから、リカは引っ越しを考えるようになった。やがて実行に移した。あの夫婦のような逃避行ではなく、正当な道で。

梁社長に、一番最初に相談した。好きなようにせいや、と気持ちよく送り出してくれた。餞別のつもりか退職金がわりか、スリーバードのロゴの入った古い車両をなんとただでくれた。少し前にバリアフリーの車両を数台取り入れたので、あまり使わなくなったのに維持費のかかるオンボロ車を処分する意味もあったのだろうが、それでも飛び上がるほど嬉しかった。

紗栄も心から応援してくれた。タクシーを辞めて男性相手のサービス業に従事するも、返済の苦しさは変わらず、借金はあまり減らなかった。結局、弁護士を通じて任意整理の道を選択した。手続きがすべて終わったら、自分もリカの元に来て、仕事を手伝いたいとも言ってくれた。

止めたのは唐澤だった。

「子供も生まれるのに……」

「だからだよ。安定期の今を逃したら、引越しなんて難しいでしょ」

「だからと言って……」

ついて行きたいとは、一言も言わない。別れ話をしたら少しほっとしたような表情をしていた。その後は妊娠の経過などを時々報告する程度で、自分から距離を置くようにしていた。

東京を後にし、紀伊半島のある海沿いの町にリカは落ち着いた。東京から九時間。熊野市から三十分程度でそこに着く。いつか、父と海水浴をした思い出のある町は、家族の話を繋ぎ合わせるとそこになった。田舎暮らしがしたいだけなら、他の町でも良い。だが、あえて、親せきがいるわけでもない、断片的な記憶があるだけのその土地を選んだのだった。

恐ろしかった父親を否定することが出来なかった、唯一の理由が、そこにはある。それは、押し寄せる波から守ってくれた時の、安心感だった。そのおぼろげな記憶に支えられて、リカはこれまで生きてきた気がする。

リカはその町で、ヘルパーの資格を取り、介護タクシーの会社を一人で開業した。梁社長から貰った車を塗装して、「スリー・バード」にも繋がるイメージの三本足の烏、ヤタガラスをロゴにあしらった。その車を毎日運転し、町を回っている。お年寄りや病人、障害のある人たち、いや、あらゆる人々に、車という足が必要だった。

麗奈は年長組になった。熊野市の保育園にのびのびと通っている。二歳児クラスにいる妹の真唯《まい》の面倒もよく見てくれる。同じクラスには、あの時熊野に送り届けたすずよが産んだ男の子もいる。すずよは、地元で臨時の教師職に空きがあったので、復職したとのことだった。夫は真面目に畑仕事をしている。無農薬野菜を道の駅や旅館などに卸し、そこそこの収入を得ているらしい。

いつか父と泳いだ海水浴場から遠くない場所に、リカは古民家を安く借りた。熊野にはそのような空き家がたくさんある。そこに二人の娘たちと住んでいる。

時間がかかっていた母のゴミ屋敷の処分のめども、そろそろつくと、妹から連絡があった。話がまとまったら、母の家は取り壊され、コインパーキングになるという。カーシェアリングも併設されると聞いた。時代の変化をひしひしと感じる。タクシーも、変わらなくてはならないのだ。母の土地を業者に貸して得られる家賃で、東京の病院から弟をこちらの病院に転院させたいとも妹は言った。自然の中で療養出来るような環境があれば、どんなにいいだろう。実際にはむき出しの自然の中で過疎化や住民の高齢化だけが進み、医療などのサービスが追い付いていない。そこは、一端を担うリカ自身の今後の課題でもある。

ある日、都会からこの町に戻ってきたという認知症の老人を、駅から丘の上の老人ホームまで送り届けた。付き添いの、老人の娘らしい女性の顔を、見たことがある、と思った。ドアを開けて二人を降ろし、入り口まで付き添い、お辞儀をしてから車に戻った。付添人にサインしてもらったばかりの書類に目を落とし、老人の名前を確認して、はっと顔を上げた。

二人はもういなかった。建物の中に入ってしまったのか。丘の上から見えるきらきらとした海の光の中に、溶け込んでしまったのか。

丘をその海に向かって下っていった。傾斜が急な一本道を通る時、いつもふわりと身体が浮いた感覚に見舞われる。何の記憶だったのか思い出せないが、とても懐かしい。なぜ涙が出るのかわからなかった。

梁石日（ヤン・ソギル）

1936年、大阪市猪飼野で済州島から渡日した在日朝鮮人の子として生まれる。印刷会社経営に失敗した後、タクシードライバーをはじめとして様々な職業に就くが、1981年タクシーでの体験をもとに執筆した『タクシー狂騒曲』でデビュー。本作は1993年に映画化され（『月はどっちに出ている』崔洋一監督）、大ヒットとなる。1998年、実父をモデルとして執筆した『血の骨』が第11回山本周五郎賞を受賞、直木賞候補にもなり、作家としての評価を確立する。同作も2004年同名タイトルとして映画化された（崔洋一監督）。力強い筆致と善悪を超えた人間の生きる力への賛歌ともいえる作風は文芸界で高い評価を得ている。著書としては、『タクシー狂騒曲』（角川文庫）、『タクシードライバー日誌』（ちくま文庫）、『夜を賭けて』（幻冬舎文庫）、『血と骨』（幻冬舎文庫）他多数。

中上紀（なかがみ・のり）

1971年、東京都国分寺市に芥川賞作家中上健次の長女として生まれる。高校、大学はカルフォルニア、ハワイで過ごすが、ハワイ大学卒業後後アジア各地を歴訪し強い影響を受ける。1999年、『イラワジの赤い花　ミャンマーの旅』（集英社）でデビュー。2000年『彼女のプレンカ』で、すばる文学賞受賞。以後、純文学作品、紀行文を次々と発表。その作品は深い心理描写と透明感のある静謐な文体で知られる。著書としては、『彼女のプレンカ』（集英社文庫）、『悪霊』（毎日新聞社）、『再びのソウル「記憶」』（荒木経惟と共著。アートン）、『熊野物語』（平凡社）、『天狗の回路』（筑摩書房）、他多数。梁石日とのコラボレーションによる本作『タクシーガール』は中上の新しい小説世界に挑戦した意欲作である。

タクシーガール

2019年3月30日　初版第1刷発行

著者　**梁石日&中上紀**
装画　**宇野亜喜良**
装丁　**長山良太**
発行人　**長廻健太郎**
発行所　**バジリコ株式会社**
〒162-0054
東京都新宿区河田町3-15 河田町ビル3階
電話：03-5363-5920　ファクス：03-5919-2442　http://www.basilico.co.jp

印刷・製本　**中央精版印刷株式会社**

ISBN978-4-86238-242-9